KB101997

강서울 현대 판타지 소설
MODERN FANTASTIC STORY

탑스타의
재능 서고

탑스타의 재능 서고 1口

강서울 현대 판타지 소설

초판 1쇄 찍은 날 § 2021년 11월 23일
초판 1쇄 펴낸 날 § 2021년 11월 30일

지은이 § 강서울
펴낸이 § 서경석

총괄팀장 § 노종아
편집책임 § 박현성
디자인 § 공간42

펴낸곳 § 도서출판 청어람
등록번호 § 제387-1999-000006호
등록일자 § 1999. 5. 31
어람번호 § 제1-3164호

주소 § 경기도 부천시 부일로 483번길 40 서경B/D 3F (우) 14640
전화 § 032-656-4452 팩스 § 032-656-4453
http://www.chungeoram.com
E-mail § chungeorambook@daum.net

ISBN 979-11-04-92398-2 04810
ISBN 979-11-04-92327-2 (세트)

도서출판 청어람

10

강서울 현대 판타지 소설
MODERN FANTASTIC STORY

탑스타의
재능 서고

탑스타의
재능 서고

목차

제1장

기회

공인은 입조심을 해야 한다.

불특정 다수가 볼 수 있는 SNS에서는 더더욱.

지나가던 어린 애들도 알 법한 얘기겠지만, 그대로 지켜졌다면 연예계의 숱한 논란도 반 넘게 줄어들었을 터였다.

유감스럽게도 그걸 간과한 이들이 너무 많았다.

연도 그랬다.

　—음방 돌면서 본 연예인 많아? 실물 어때?

　└마이데이 봄 ○○ 다 화면빨임 ㅋㅋㅋ 실제로 보면 연예인 같지도 않음 나 연생 때부터 마이데이 시은 봤잖아;; 걔 백 퍼 성형했을 듯

　—정말임?

ㄴ성형해서 그 얼굴이면 조금… 애매한가 ㅋㅋㅋ 그니까 안 뜨나 봐 ㅎㅎ 사실 노래도 ㅈㄴ 못 부르는데 JS에서 이미지메이킹 오지게 하는 듯?

─무슨 남돌 좋아해?

ㄴ블랙빈 ㅎㅎ 차은수 내 최애임

─웬 블랙빈? SG 선배 더블틴 어디감?

ㄴ… ㅅㅂ 오빠 그룹을 여기서 왜 꺼내 카메라 밖에선 얼마나 성격 파탄들인데;;

─데뷔하면 계획 뭐야? 슈스니까 미리 싸인 받아놔야지!

ㄴ차은수 꼬실 거임 ㅎ 결혼할 거야

─야 네가 뭔데 차은수를 꼬심 ㅋㅋㅋㅋㅋㅋ

ㄴ아가리 닫아라 니보단 가능성 잇음 아 너무 팩트로 때렸나 ㅈㅅ

─야 연생인데 데뷔한 거처럼 겁나 나대네 ㅋㅋ

ㄴㅋㅋㅋㅋSG 연생은 커녕 SG 문지방도 못 밟아본 애가 부들부들대네 ㅎ 화가 나면 직접 찾아와 익명으로 싸지르지 말고

"이야……. 장난 아니네."

비공개 에스크가 털릴 줄은 본인도 몰랐겠지만, 막상 펼쳐놓은 댓글은 상상 이상이었다. SG 엔터를 비롯한 각종 연예계 선배를 까는 답변부터, 마이데이를 향한 상상 이상의 욕설까지.

"그 와중에 지네 오빠 성격 파탄인 건 잘 아네."

유찬은 헛웃음을 터뜨리며 끝이 없어 보이는 연의 흑역사를 확인했다. 도영은 혀를 차다가 익숙한 이름을 발견하고선 은수를 불렀다.

"형, 이거 봤어?"

"뭐?"

에스크를 들이밀자마자 식겁하는 은수.

상준은 웃음을 참으며 엄지손가락을 치켜들었다.

"축하한다, 너 인기 많더라."

"왜 그래 나한테."

다른 팬이면 모를까, 자신의 팬이 연이라니.

직접 만나보지도 않았지만 저것만으로도 짐작이 갔다. 별로 엮이고 싶은 스타일은 아니라는 것을.

상준은 밥 한 움큼을 입에 밀어 넣고 나선 투덜거렸다.

"야, 근데 도영아, 배신감 느끼지 않냐."

"뭐가?"

"나한테 탑보이즈 팬이랬거든. 근데 블랙빈 팬이네."

"와, 변심 너무하네, 진짜."

상준은 손사래를 치며 은수에게 말을 던졌다.

"나도 언제쯤 차은수처럼 인기가 많아질 수 있을까?"

"아, 형. 그만 좀 놀려."

은수는 짓궂다면서 웃음을 터뜨렸다.

하지만, SG 엔터 측에선 지금쯤 이렇게 웃고 있지 못할 터였다.

이제 막 데뷔한 신인 걸 그룹의 센터가 회복하기 힘든 인성 논란에 휩싸였으니.

─연 에스크 본 사람? 진짜 노답이던데?

ㄴ와 진짜 학교 다닐 때 겁나 놀았을 거 같음 ㅋㅋㅋ

ㄴ댓글 수위 장난 아니던데;; 지금까지 안 까진 게 더 신기하다

ㄴ거의 뭐 판도라의 상자임 까도 까도 나와

ㄴ마이데이는 왜 걸고넘어져?

—여러분 조용히 하세요. 이 에스크 유출의 가장 큰 피해자는⋯⋯. 블랙빈 차은수입니다.

ㄴㄹㅇㅋㅋ

ㄴ아 ㅋㅋㅋㅋㅋㅋㅋㅋ

ㄴ차은수: ??누구세요???

ㄴ개웃기네 ㅋㅋㅋ 블랙빈 팬들 뒤집어졌더라 반드시 쟤 조질거래

ㄴ블랙빈 팬덤 장난 아닌데;; 쟤 이제 클났다

ㄴ알아서 팀 하차할 듯

—근데 연이 더블틴 인성 노답이라고 욕하던데 그 동생에 그 오빠 아닐까?

ㄴ뭬질?

ㄴ야 더블틴은 까지 마라

ㄴ우리 온이 인성이며 실력이며 하나도 빠지지 않거든?

ㄴ익명이라고 말 함부로 하네? 고소미 먹고 싶냐

ㄴ근데 연이 까는 애들은 다 바른 애들 아님? 인간적으로 더블틴은 까지 말자

ㄴ지켜보면 알겠지 ㅋㅋㅋ

—근데 마이데이가 누구야? 연이 죽어라 까던데

ㄴ시은이가 걔잖아 정동진 버스킹

ㄴ아 맞다 우진이 누나 ㅇㅇ

ㄴ어 노래 겁나 잘 부르네

─이래서 자격지심 가지고 깠나 보네 ㅋㅋㅋㅋ 자기보다 실력 좋고 예쁘니까

ㄴ왜 안 떴는지 의문이 드네. 데뷔한 지 얼마 안 됐던데 연 때문이라도 얘네 파야겠다 ㅎㅎ

아마 빠른 시일 내에 SG 엔터에서도 입장을 꺼내놓을 터였다.

'정말 하차하려나.'

더블틴에 대한 욕으로도 번지고 있는 상황에서 연을 빠르게 자르고 가는 게 SG 엔터 입장에서도 맞으니. 사실 이제 와서 수습할 수 있는 선은 진작에 넘어버린 뒤였다.

제 발로 고꾸라졌으니 굳이 동정의 말을 건넬 필요도 없다.

오히려 JS 엔터 입장에선 횡재라고 할 만했다.

"마이데이 애들 언급 엄청 되던데."

"버스킹 영상도 다시 뜨더라."

"다행이네."

찬은 고개를 끄덕이며 작게 중얼거렸다.

연이 열심히 마이데이 애들을 까준 덕에 오히려 그쪽에 관심이 쏠리고 있었다.

마이데이의 직캠이 뒤늦게 인터넷에서 퍼지면서 실력과 신인이라는 수식어도 붙고 있었고, JS 홍보 팀에서도 기사를 쏟아내고 있으니 한동안은 인지도를 훌쩍 올릴 수 있을 터였다.

'여기에 신곡 하나 오픈하면……'

상준은 마이데이를 위해 작곡해 두었던 곡을 떠올리며 주먹

을 세게 쥐었다. 그런 상준의 상념을 깨운 건 도영이었다.

"우우웅. 우웅."

"…뭐 하냐?"

"레드 썬!"

"……."

"뭐야, 재미없게."

멍하니 정신을 놓고 있는 상준의 앞에서 최면을 걸겠다며 신나게 닭다리를 흔들어대던 도영. 상준은 못 말린다며 은수를 불렀다.

"도영이 좀 끌고 가봐."

"쟤는 우리 엄마도 포기했어."

"뭐?"

"그만들 싸워라. 집에 가서 싸워."

블랙빈과 탑보이즈가 이렇게 나란히 앉아서 저녁 식사를 하는 일이 몇이나 있을까 싶지만, 지금의 상황은 퍽 열악했다.

"아, 근데. 누구 오는 거 아니야?"

JS 엔터 식구들 몰래 찜닭을 주문하고선 복도에 모여 앉아 있다.

"다이어트는 차도영이 대신 해줄 거야."

"뭐래, 나 슬림하거든."

"누가 그래?"

"우리 엄마가."

"엄마가 나를 너로 잘못 본 거 아니냐?"

"끔찍한 소리 하고 있어. 양심 있어? 내가 형을 닮았다고?"

"내가 더 기분 나쁘거든? 어이가 없네?"

도영과 은수는 투닥대며 열심히 언성을 높이고 있고.

상준은 도영에게서 **뺏어** 든 닭다리 하나를 들고선 주위를 두리번거렸다.

"아, 나랑 제현이랑 아이스크림 좀 사 올까?"

"아이스크림?"

"드실?"

"난 좋지."

기왕 먹는 김에 후식까지 단단히 챙겨야 한다며 자리에서 일어나는 상준. 제현도 군말 없이 상준을 따라 일어섰다.

"헐, 이거 사탕바래."

"그냥 담아."

"오케이."

JS 엔터 앞 편의점에서 여느 때처럼 간식 한 봉지를 들고 나서는 상준. 멤버들이 기다리고 있을 연습실로 발걸음을 재촉하던 찰나.

익숙한 뒷모습이 상준의 눈에 들어왔다.

"…어?"

상준은 인상을 찌푸리며 모자를 눌러쓴 여자의 뒷모습을 **빤**히 바라보았다. JS 엔터 입구에 서서 누군가를 기다리고 있는 듯한 모습.

"야, 제현아."

"엉?"

"먼저 들어가 있어."

상준은 제현에게 봉투를 건네며 주머니에 손을 찔러 넣었다.

마스크로 얼굴이 보이지 않게 가리고 있지만, 눈만 봐도 알 거 같았다.「절대자의 직감」, 상준의 재능이 발휘된 덕이기도 했다.

'맞네.'

엔터 입구에서 누군가를 목이 빠져라 기다리고 있는 건 연이었다.

이성을 잃은 것처럼 풀어진 눈빛과 헝클어진 머리까지.

제정신으로 여기를 찾았을 리는 만무했고.

"하."

결과적으로 둘이 이렇게 마주하게 되었다.

상준은 멀리서 걸어오는 시은을 보며 짧은 탄식을 뱉었다.

'지금 만나봤자 좋은 소리 안 나올 텐데.'

지금의 연은 원래의 실오라기 같던 이성도 완전히 놓아버린 뒤였다. 시은이 오자마자 빽 소리를 내지르는 것만 해도 그랬다.

"와, 뻔뻔하네. 이렇게 내 앞에 나타나는 거 보면."

"네가 불렀잖아. 용건만 말해."

시은은 마른 입술로 인상을 찌푸렸다. 연과 마주하는 것 자체가 그녀에겐 힘들었다.

'우리 오빠에게 말해서 너, 데뷔 막을 거야.'

춤도 비주얼도 다른 이에게 밀리지 않았던 연이다. 그런 그녀가 처음으로 열등감을 느꼈던 것이 시은의 보컬. 상준에게 자세한 얘기까진 못했지만…….

'널 보니까 자꾸 떠오르잖아.'

온을 협박 삼아 뱉어내던 폭언들이 아직까지 선명했다. 어린 나이에는 연이 뱉어내는 말들을 철석같이 믿을 수밖에 없었으니까.

하지만, 이제는 알았다.

그래 봤자 별거 없는 애라는 걸.

"네가 퍼뜨렸지? 내 에스크?"

"그 얘기 하러 온 거야?"

시은은 침착한 목소리로 피식 웃음을 흘렸다.

"너, 정말 그렇게 생각해?"

싸움이 커지면 중재하러 온 긴데 지금은 나설 때가 아닌 거 같다. 상준은 침을 삼키며 멀찍이서 둘의 대화를 듣고 있었다.

지난번처럼 연이 선을 넘는다 싶으면 끼어들 생각이었다.

"그럼 언니가 아니면 누가 하는데?"

"모르지. 네가 적이 한둘이야?"

시은은 팔짱을 긴 채 혀를 찼다.

애당초 연과 친한 사이도 아닌데 에스크 주소를 안다는 것 자체가 너무 허무맹랑한 얘기가 아닌가.

'그렇게 믿고 싶은가?'

끝까지 남에게 핑계를 돌린다.

기가 찬다는 듯이 웃음을 흘리는 시은에 연은 한층 더 불타 올랐다.

"하, 네가 이딴 식으로 치사하게 굴면 좀 나아질 거 같아? 그렇게 관심받고 싶었어?"

"뭐?"

"이러면 뜰 수 있을 거 같아? 너는 안 돼. 아니, 내가 안 되게 할 거야. 무슨 일 있어도, 네 앞길 막을 거라고!"

붉어진 얼굴로 바락바락 소리를 지르는 연.

길을 지나가는 사람 몇이 이쪽을 돌아본다.

'안 되겠는데.'

남의 엔터 앞에서 패악질이 따로 없다. 참다못한 상준은 천천히 걸음을 내디뎠다.

"저기요."

"……!"

"쭉 듣고 있었는데, 말이 조금 심한 것 같은데?"

이제는 가식 따위도 없다. 지난번의 억지로 생글거리던 미소는 사라진 지 오래였다. 연은 시퍼렇게 서늘한 눈길로 상준을 쏘아보았다.

"아, 그러면 선배님이 퍼뜨리셨어요?"

"뭘요? 에스크?"

"네."

어이가 없다.

상준은 피식 웃음을 흘리며 연의 말을 받아쳤다.

"저 바쁜 사람이라서요. 그쪽이 밖에서 제 이미지를 어떻게 깎아먹든 제 관심사는 아니라."

"뭐, 뭐라고요?"

제현이보다도 어리다고 했던가.

확실히 제 감정 하나도 조절을 제대로 못 하고 있었다.

온이 지능적으로 검은 속내를 숨긴다 치면, 연은 아직 그조차도

서툴렀다. 불쾌하다. 저 더러운 속이 고스란히 눈앞에 보이니까.

"하, 우리 오빠 불러올 걸 그랬네. 어차피 더블틴 앞에서는 다 선배님이라고 존대할 사람들이 나 무시하는 거 봐."

됐고.

상준은 건조한 목소리로 말을 뱉었다.

"그거 알아?"

아까와는 목소리가 달라졌기 때문인지 퍽 당황하는 연.

원래는 제 스스로 나락까지 떨어진 어린애에게 간섭할 생각도 없었지만.

'이건 알아둬야 할 거 같네.'

"기회는 누구에게나 찾아오거든."

그것도 눈앞의 이 애에겐 숱하게 찾아왔다.

남들보다 몇 배로.

상준은 담담한 표정으로 말을 이었다.

"머릿속으로 빌보드 차트까지 찍고 온 네겐 성공이 뭐 대단한 건가 싶겠지만. 그 기회를 받아들일 준비가 되어 있어야 성공하는 거야."

과도한 망상에 이미 성공한 것처럼 설쳐대던 연.

하지만, 결과적으로.

"너는 가장 큰 기회를 걷어찬 거야."

가장 높게 올라갈 수 있던 기회 앞에서 기초적인 인성조차도 준비되지 않았으니까. 조소를 머금은 상준의 한마디에 연은 떨리는 손으로 악을 내질렀다.

"하, 진짜 재수 없네. 그렇게 말하면 본인이 뭐라도 되는 줄……."

상준은 연의 말을 흘려들으며 시은에게 손짓했다.

어서 들어가라는 상준의 말에 연을 한 번 쏘아보고선 입구에
들어서는 시은. 자신의 존재 자체를 무시해 버리는 상준의 행동
에 연은 말 그대로 방방 뛰었다.

'짠하네.'

아이스크림이 녹기 전에 슬슬 들어가 봐야겠다.

상준은 혀를 차며 고개를 돌렸다.

생각해 보니 중요한 한마디를 빼먹어서였다.

"아, 맞다. 그리고."

"왜요? 더 할 말이 남아 있으신가 보죠? 진짜 제가……."

의사는 확실히 전달해 줘야지.

연을 빤히 바라보며, 상준은 한마디를 던졌다.

"은수가 너 같은 애 싫대."

*　　　　*　　　　*

「SG 엔터 연 탈퇴 결정, SG 신인 걸 그룹 적신호」
「에스크 논란 전부 사실, 이연 SG와 계약 해지」

데뷔와 동시에 탈퇴가 결정 났다. 상준은 그럴 줄 알았다는
듯이 혀를 찼다. 아무리 SG 엔터에서 아끼는 인재였다고 해도
이렇게 상황이 커진 이상 끌고 갈 수가 없었다.

심지어 아직도 깔 게 더 남았다는 소문마저 돌았으니까.

"에휴."

"뿌린 대로 거두는 거지, 뭐."

"한두 개가 아니더라, 걔는."

그 뒤로는 시은에게도 찾아오지 못했단다.

다만 마지막으로 문자 한 통은 왔다고.

"오빠한테 이를 거라고 했대."

도영은 웃음을 터뜨리며 연의 말투를 따라서 중얼거렸다.

"나도 형한테 일러야지."

"은수 형은 너 어디서 당하고 오면 좋아하지 않냐."

"…이게 뼈 때리네?"

유찬의 묵직한 한마디에 도영은 눈을 흘겼다.

언제나 저리 투닥거리고 있으니 이제 저 백색소음이 없으면 더 허전하다. 선우는 피식 웃으며 상준의 USB에 눈길을 돌렸다.

"그거 뭐야?"

"실장님께 들려 드릴 거."

상준은 담담한 목소리로 USB를 탁자 위에 올렸다.

잠시 업무에 집중하고 있던 조승현 실장은 두 눈을 끔뻑이며 고개를 돌렸다.

"그래서 찾아온 거였어?"

"에이, 저희가 설마 심심해서 찾아왔을까요."

"…자주 그러잖아."

조승현 실장은 머리를 긁적이며 자리에서 벌떡 일어났다.

마저 처리할 일이 생겼다며 잠시 기다리라던 것과는 달리, 바로 관심을 보이는 모습이었다.

끼이익.

의자를 끌어당긴 조승현 실장은 상준의 USB를 건네받았다.

"활동곡 준비하는 것도 바빴을 텐데."

"틈틈이 만들었어요. 애들 생각나서."

원래는 마이데이의 다음 컴백이 좀 늦춰질 예정이었다.

이번 앨범에서 별다른 성과도 없었던 데다 아직 전해 받은 곡도 없으니.

하지만.

'물 들어올 때 노 저어야지.'

무리하게 애들을 굴릴 필요는 없다.

그럼에도 지금은 확실히 노를 저을 때가 맞았다.

연 덕분에 마이데이에게도 관심이 쏠리고 있으니까.

'이때 꽉 터뜨려 줘야지.'

상준이 갑자기 곡을 들고 온 의도도 이해가 됐다. 상준은 조승현 실장의 손에 들린 USB를 빤히 바라보며 말을 이었다.

"마지막 믹싱까진 대강 끝났고, 보이스도 제가 넣어놨어요."

"한번 들어봐야지."

상준의 노래라면 믿음이 있었다. 그동안 줄줄이 좋은 성적을 내왔으니 당연했다. 조승현 실장은 흡족한 미소를 지으며 USB를 데스크톱에 꽂았다.

그리고.

상준이 직접 녹음한 가이드라인이 흘러나왔다.

"……."

확실히 마이데이의 데뷔곡만큼이나 밝아진 분위기.

가사를 유심히 듣던 조승현 실장은 의아한 눈빛이 되었다.

"어?"

빠르게 몰아치는 드럼 비트.

즐거움과 고통이 반반씩 섞여 있는 듯한 독특한 멜로디에 귀를 기울이게 되는 것도 잠시, 멤버들은 조금씩 노래의 가사에 빠져들었다.

"가사 네가 쓴 거지?"

"네."

마치 스토리를 지니고 있는 듯한 한 편의 멜로디.

4분 남짓의 노래가 끝나자 조승현 실장은 혼란스러운 얼굴이 되었다.

더 듣고 싶다.

같은 노래를 여러 번 듣는 게 아니라. 더 새로운 무언가를.

'뭔가가 더 있을 기분인데.'

즐겨 보던 드라마가 뚝 끊긴 것처럼 영 아쉬운 기분이다.

그 아쉬움이 기대를 끌어모으고 있었다.

'뭐지?'

조승현 실장은 당황한 얼굴로 다시 노래를 처음으로 돌렸다.

두 번 들어도 마찬가지다. 분명 하나의 완성된 노래인데 자꾸만 갈증이 느껴진다. 호기심이 일어서 이 가수의 다음 곡을 따라가고 싶어질 만큼.

"아."

그 이유를 대충이라도 짐작할 수 있을 것 같았다. 조승현 실장은 고개를 돌리며 조심스레 물었다.

"설마 뒷곡도 있어?"

상준은 싱긋 미소를 지으며 생각해 둔 계획을 꺼내놓았다.

"신인은 노출도가 중요하다고, 실장님이 그러셨잖아요."

조승현 실장의 표정을 읽은 상준이 먼저 입을 열었다. 조승현 실장은 의미를 알 수 없는 상준의 말에 대답대신 고개를 끄덕였다.

"총 7개월이에요, 일곱 곡이고."

"그러니까 활동을 나눠서 한다고? 한 앨범이 아니라."

"대중들이 기다리게 하는 거죠."

한 달이면 충분한 시간이다.

대중들의 기억 속에서 잊히지 않을 만한 완벽한 타이밍에 다시 컴백을 하겠다는 계획.

그냥 단순한 컴백이 아니라 노래가 하나의 스토리로 이어지면 얼마나 좋을까. 조승현 실장은 상준의 의도를 눈치채곤 물었다.

"그럼 이 노래 제목이……."

"월요일이요."

Monday.

적절히 빠른 템포에 기쁨과 슬픔이 적절히 조화되어 있는 멜로디.

신비로운 시작을 알리기에는 적합한 템포와 뒷내용이 궁금해지는 가사까지.

"와."

조승현 실장은 감탄을 뱉을 수밖에 없었다.

"…넌 진짜."

천재다. 조승현 실장은 피식 웃음을 흘리며 인정할 수밖에 없었다. 눈앞의 이 아이를 고작 2년 차 아이돌이라고 누가 생각할 수 있을까.

"어때요?"

"최고지. 문제는 네가 일곱 곡 끌어올 수 있겠어? 우진이 부를까?"

다른 프로듀서들의 도움을 받는 것도 좋겠지만, 상준은 이내 고개를 저었다.

"제가 한번 해보고 싶어서요."

처음 해보는 도전이다. 스토리를 지닌 한 그룹의 앨범을 제작한다는 것이 결코 쉬운 도전은 아니겠지만, 그럼에도 한번 해보고 싶었다.

상준의 뜻을 공감한 조승현 실장은 고개를 끄덕였다.

"그래, 한번 해봐."

"애들한테도 물어봐야죠."

상준은 싱긋 웃으며 조승현 실장이 건네는 USB를 돌려받았다.

끼이익.

조승현 실장은 의자를 뒤로 빼며 서류 하나를 들고 왔다.

"아, 맞다. 사실 상준이한테 전해줄 게 하나 있었는데."

"저요?"

조 실장의 말에 선우가 눈을 반짝였다.

"어, 나 봤다."

"벌써?"

펄럭이는 사이에 조승현 실장이 들고 온 서류를 확인한 모양. 선우는 고개를 끄덕이며 웃었다. 영문을 모르는 상준이 빤히 조승현 실장을 올려다보고 있던 순간.

조승현 실장이 불쑥 말을 던졌다.

"너, 연기 다시 해보지 않을래?"

"연기요?"

상준은 난처한 표정을 지었다. 정규앨범 활동이 아직 완전히 끝나지 않은 데다가 예능 출연도 잦았다. 여기에 마이데이 프로젝트까지 새로 맡아서 진행하게 된다면.

'몸이 열 개라도 부족할 거 같은데.'

연기는 자신의 혼을 바꾸는 과정이었다. 원래의 자신 위에 전혀 새로운 제3자를 씌워야 하는 과정. 그만큼 정신적으로 힘을 많이 쏟는 일이기도 했다.

"힘들면 안 해도 되고."

조승현 실장은 언제나처럼 강요하지는 않았다. 사실 조 실장의 판단에도 드라마 촬영을 함께 진행하는 건 다소 무리라고 느껴졌으니까.

"주연으로 제안이 들어와서. 케이블 드라마긴 해도, 좋은 경험이 되지 않을까 싶어서. 너, 연기하는 거 좋아하긴 했잖아."

"…그렇죠."

연기를 통해 묵혀 두었던 감정들을 쏟아내는 것.

원래 스스로의 감정을 티 내지 않았던 상준에겐 새롭고도 감사한 경험이었다.

그래서 끌렸던 건지도 모르겠다.

하지만, 지금은 조금 버겁다. 좋은 시나리오라고 해도 여유가 없었다.

그렇게 고개를 저으려던 찰나, 조승현 실장이 입을 열었다.

"이은영 작가님 알지?"

이은영 작가?

익숙한 이름에 상준은 두 눈을 크게 떴다.

'제안할 게 하나 있어요.'

'연기 더 해보고 싶지 않아요?'

「무인도의 법칙」.

당시 「흉부외과」와 드라마 방영이 겹치면서 경쟁 구도에 올라섰던 스타 작가 이은영. 드라마 주연 제의를 건넸던 그녀의 제안을 거절하고 그 대신 「무인도의 법칙」에 출연했던 상준이었다.

기회가 되면.

그녀의 다음 작품에 출연해 보고 싶다는 생각은 했었다.

근데 그걸 이렇게 기억하고 찾아주다니.

"언제?"

조승현 실장의 한마디에 상준의 눈빛이 흔들렸다.

"출연진은요?"

"남자 주인공이 둘이거든."

조승현 실장은 시놉시스를 들이밀며 말을 이었다.

"나머지 하나는 하운이가 맡게 됐어. 걔도 드라마는 첫 주연일 거야."

"하."

이런 우연이 일어날 수가.

출연진마저 마음에 드네.

"조연은 아직 안 정해졌고, 주연 명단은 거의 나왔어."

"크으, 와. 이분도 출연하셔?"

멤버들의 호기심 가득한 눈길이 상준에게 쏠렸다. 과연 상준이 저걸 받아들일까 싶은 눈빛이었다.

너무도 매력적인 제안.

상준은 피식 웃음을 흘리며 말을 뱉었다.

"아, 진짜 이러시면 볼 수밖에 없잖아요."

"그렇지?"

그럴 줄 알았다는 듯이 너털웃음을 터뜨리는 조승현 실장이다.

선우는 호들갑을 떨며 조 실장 옆에서 말을 얹었다.

"야, 이은영 작가님이면 당연히 해야지. 시놉 봐봐."

"형, 시놉 같이 좀 보자."

"명작의 탄생인가?"

무려 1년 만에 들어가는 이은영 작가의 신작.

탑보이즈의 관심이 모이는 것도 결코 이상한 게 아니었다. 상준은 웃으며 첫 장을 넘겼다.

「메디컬로맨스페이퍼」

'이런 내용이구나.'

제목만 보고 지난 「흉부외과」와 같은 메디컬드라마일 줄 알았는데, 펼쳐본 내용은 로맨스 코미디였다.

'내가 쓰면 모든 게 현실이 돼요.'

그림을 그리면 모든 게 현실이 되는 로맨스 웹툰 작가, 최석우.

실연의 아픔에 마음의 문을 닫은 천재 수의사, 진채아.

마지막으로 채아를 배신하고 떠났다가 뒤늦게 후회하는 강찬까지.

셋의 오묘한 삼각관계를 잘 담아낸 시놉시스에 상준은 몇 번이고 감탄을 터뜨렸다.

'빠져드네.'

흔할 거 같은 소재를 자연스럽게 녹여낸 작품이었다.

무엇보다 대사가 상준의 눈을 사로잡았다.

"진짜 대사는 장난 아니네요."

"재밌지?"

"네."

이은영 작가가 칼을 갈고 준비한 게 틀림없었다. 상준은 시놉시스를 덮으며 조승현 실장을 빤히 바라보았다.

이 중에서 상준에게 들어온 배역은 남자 주인공 최석우.

채아의 마음을 잡기 위해서 안달하면서도 속이 훤히 보이는 순수한 역할이었다.

'할 수 있을 거 같은데.'

솔직한 마음에서 욕심이 드는 시놉시스다.

한참을 고민하던 상준은 조심스럽게 입을 뗐다.

"한번 해볼래요."

*   *   *

"네, 이쪽으로 들어와 주세요."

"대본 리딩 준비해 주세요."

분주한 회의실.

「메디컬로맨스페이퍼」의 첫 대본 리딩이 있는 현장이었다. 이은영 작가의 신작이라는 이름에 걸맞게 기자들 몇몇도 이미 와 있었다.

상준은 하운과 함께 회의실 쪽으로 들어갔다.

"준비 다 했어?"

"형, 저 엄청 떨려요."

곽성수 감독의 영화에서도 엄청난 존재감을 보여준 하운이었지만, 정작 본인은 그렇게 생각하지 않는 모양이었다. 여전히 겁에 질려 있다. 상준은 웃음을 터뜨리며 하운의 어깨를 토닥였다.

"잘할 거라니깐."

"저 열심히 준비하긴 했어요. 통으로 외웠거든요."

"통으로?"

상준도 그랬다.

이곳에 함께 자리한 대선배들에 비해선 연기 경력이 훨씬 부족하니까.

이은영 작가의 눈에 들어서 여기까지 왔지만 두려운 것도 사실이었다.

아이돌과 연기.

두 단어가 함께 붙으면 사람들의 의심이 깊어진다.

얼마나 잘하는지 두고 보겠어.

그렇게 말하는 사람들이 태산이니까.

고로 증명해야 했다. 이번에도 흠 잡히지 않을 연기력을 보여줄 수 있다는 것을.

"들어가자."

그런 자신감을 가지고 문을 열었을 때.

"……"

상준은 익숙한 얼굴을 보고선 표정 관리에 실패했다.

* * *

더블틴의 온.

조연 라인업이 아직 정해져 있지 않다는 말은 들었지만, 이 인간일 줄은 몰랐다.

'기사도 안 떴던데.'

대본 리딩 직전까지 SG 엔터에서 캐스팅 사실을 숨기다니.

온 정도의 파급력이 있는 아이돌이 드라마에 출연하기로 결정되었다면 기사가 한 줄이라도 뜰 법했다.

'무슨 꿍꿍이지?'

부드럽게 미소를 짓고 있는 온의 표정이 오늘은 친절해 보이지 않았다. 가면을 두어 겹쯤은 쓰고 있는 듯한 능글맞은 눈빛. 상준은 천천히 고개를 숙이며 인사를 건넸다.

"안녕하세요."

"어, 여기 앉아."

상준의 한마디가 끝나기 무섭게 자신의 옆자리에 자리를 만들어주는 온이다. 상준은 불편한 표정을 숨긴 채 온의 옆에 앉았다.

"준비 많이 했어?"

연과 관한 일은 완전히 묻어둘 생각일까.

그 감정적인 애가 혼자서 그 일을 삭일 리는 없어 보였다. 모든 걸 연에게 들었을 게 뻔해 보이는데도 저렇게 대한다라.

상준 역시 별일 없다는 듯이 대답했다.

"네, 열심히 했어요."

"어디 아파? 표정이 안 좋은데."

"아, 괜찮아요."

온의 얼굴을 보자마자 「무대의 포커페이스」 재능을 사용하고 있는 상태. 표정이 안 좋을 리가 없을 텐데도 은근히 떠보는 온의 멘트에 상준은 속으로 웃음을 흘렸다.

"안 아프면 다행이네."

상준은 복잡한 심경으로 고개를 끄덕였다.

더 이상 어떠한 말을 꺼내야 할지 모르겠다. 불편한 공기 속 침묵이 감돌던 순간, 메인 작가가 반갑게 걸어왔다.

"다 모였네요. 리딩 시작할까요?"

이은영 작가.

잠시 상준을 향하는 눈길에 상준은 미소로 인사를 대신했다.

대선배 강주옥부터 시작해서 평판 좋은 배우들이 가득 찬 회의실이다. 물론 온 빼고.

'잘해야 돼.'

온 때문에 신경이 쓰이던 건 잠시 뒤로하고. 상준은 원래의 눈빛으로 돌아왔다. 대본을 씹어 먹어버리겠다는 눈빛.

"……"

"첫 씬이 상준 씨인가? 한번 들어가 볼래요? 편하게 해도 돼요."

대본 리딩이니 현장처럼 온 힘을 쏟을 필요는 없다. 이은영 작가의 말에 상준은 미소를 머금었다.

남자 주인공 최석우가 자신의 능력을 설명하는 장면.

신비로운 분위기의 도입부와 함께 「메디컬로맨스페이퍼」의 이야기는 시작된다.

"오랜만이네."

담담하지만 많은 의미가 담겨 있는 한마디.

상준의 눈빛이 건너편에 앉아 있는 여배우 정윤서에게 향했다.

"그러게."

정윤서는 침착한 목소리로 답했다.

거의 10년 만에 만난 어색한 동창을 연기하는 둘.

서로의 근황을 얘기하듯 자연스러운 대화가 오고 갔다.

"나야 잘 지내지."

어색하면서도 조금씩 말을 트기 시작하는 석우와 채아. 실제로도 초면인 상준과 윤서의 연기는 제법 극 중 장면과 닮아 있었다.

"그래?"

상준은 연기를 하면서 정윤서의 힘을 느꼈다.

정윤서는 데뷔 3년 차 만에 각종 드라마의 주연을 꿰찰 정도의 실력자였다. 현재는 어느덧 6년 차 배우가 되었고.

괜히 이은영 작가가 아끼는 배우가 아니다.

연기 경력에 있어서는 하운과 상준을 압도했기에 고작 대본 리딩임에도 여유가 흘러넘쳤다.

'실전에선 더 잘하려나.'

대화를 이어감에 있어서 조금의 불편함도 느껴지지 않는다.

자연스럽게 리드해 주는 정윤서의 연기에 상준도 웃으며 대화를 받았다.

"나 궁금한 거 있어."

"뭐?"

「메디컬로맨스페이퍼」.

성공한 로맨스 작가와 수의사로 TV 프로그램에서 재회하게 된 둘은 조심스레 그간 있었던 일들을 풀어놓는다.

그런 얘기가 오고 가던 순간, 채아가 의아한 눈빛으로 물어온다.

"너, 원래 그림에 관심이 있었던가?"

채아의 기억에 석우는 전혀 그쪽과는 관련이 없는 사람이었다.

그랬던 석우가 누구보다 유명한 로맨스 작가가 되어버렸으니 궁금해질 수밖에.

"신기해서."

어떻게 웹툰 작가가 되었냐는 채아의 질문에 상준은 은은한 미소를 지었다.

그의 입에서 최석우스러운 한마디가 흘러나왔다.

"글쎄, 네가 믿을지 모르겠는데."

"어?"

"내가 그리면 모든 게 현실이 돼."

커다란 종이책 하나를 펼쳐 들며 웃어 보이는 상준. 능글맞은 그의 한마디에 정윤서, 아니, 진채아는 인상을 찌푸렸다.

"누가 작가 아니랄까 봐. 그걸 나보고 믿으라고?"

"보면 믿을 거야."

고등학교 때부터 채아를 짝사랑해 왔던 최석우.

그에겐 그녀가 이별한 지금이 채아를 사로잡을 기회였다.

눈앞의 종이책에 간단한 스케치를 그린다.

창문 틈으로 퍼덕이며 날아오는 새 한 마리.

그 생동감을 그림으로 완전히 살려낸 상준은 천천히 고개를 들었다.

'이다음엔.'

CG로 새가 들어오는 장면이 그려지겠지.

판단과 동시에 창밖을 내다보는 상준. 그의 눈앞에 새빨간 새 한 마리가 푸드덕이며 들어오는 모습이 그려졌다.

'새가 날아오면……'

피할까.

아니다. 상준이 해석한 최석우는 그런 캐릭터가 아니다.

채아에게 환심을 사기 위해 본인의 감정을 숨기는 성격이니까.

상준은 몸을 숙이는 대신 천천히 고개를 돌렸다.

정확히 자신의 어깨로 향하는 시선.

'새가 앉은 건가?'

어깨 위에 앉은 새를 표현하는 상준.

대본에 있지도 않은 내용이었지만, 그의 연기를 지켜보고 있던 정윤서는 상준의 의도를 이해해 버렸다.

"……"

"좋은데요?"

침묵 속에서 먼저 입을 연 건 이은영 작가였다.

원래 대본 속에서 표현한 지문은 고개를 숙이며 새를 피하는 장면이었다.

그런데.

'이게 더 좋네.'

본인의 작품이 애드리브에 의해 전혀 다른 장면으로 표현될 때 거부감을 느끼는 작가들도 많았다. 하지만, 이은영은 깔끔하게 인정하는 스타일이었다.

드라마처럼 CG가 입혀지지 않은 상황에서도 방금 저 장면은 눈앞에서 그려지는 기분이었다.

'누가 대본 리딩에서 저런 디테일을 살려.'

누구 하나 먼저 입을 열진 않았지만 모두들 같은 생각을 하고 있을 터였다. 상대역이었던 정윤서는 더했다. 상준의 눈빛에서 최석우를 읽었으니까.

'신기하네.'

연기를 기술적으로 하는 건 아니다.

많이 배우지 않은 티가 났다. 몇 년이고 연기에 몰두해서 공부하는 다른 연기자들과는 달랐다.

그런데도 빨려 들어갔다.

타고난 재능과 어설픈 노력. 두 개가 어우러지니 정윤서의 생각보다 훨씬 볼만했던 것이다.

"이번에는 두 번째 씬 들어갈게요."

이은영 작가는 감탄을 삼키며 다음 씬으로 넘어갔다.

진채아와 강찬의 이별 장면. 하운의 대본 리딩 차례였다.

극의 중반에서는 후회하고 채아에게 매달리게 되지만 지금 씬에서는 아니었다. 누구보다 차갑고 냉정하게 채아를 끊어내야 하는 역할.

'잘하려나.'

하운의 원래 성격과는 정반대인 역할이었다.

상준은 흥미로운 눈길로 하운의 연기를 지켜보았다.

곽성수 감독의 영화에서도 하운의 연기력을 충분히 엿볼 수 있었지만…….

'뭐야.'

"우리 헤어지자."

그 한마디에 온갖 감정들을 담아내는 것이 결코 쉬운 일이 아니다.

한마디로 연기 실력을 드러내는 것은 몇 배로 더 힘들고.

하지만, 상준은 하운의 입이 떨어지자마자 인상을 찌푸렸다.

'저렇게 잘한다고?'

눈앞의 하운은 결코 신인 시절의 모습이 아니었다.

그렇게 대본 리딩이 끝난 후.

배우들은 단체로 박수를 쳤다.

"와아아아!"

"뭐야, 다들 너무 잘하는데?"

"아니, 대본 리딩부터 이렇게 잘하면 어떡해요. 촬영장 때 얼마나 더 놀라게 하려고."

정윤서의 연기력이야 익히 알고 있었기에, 칭찬은 자연히 상준과 하운에게 쏟아졌다. 대배우 강주옥도 인자한 미소를 지으며 격려의 말을 건넸다.

"촬영장에서 봐요. 아주 잘하던데?"

"정말 감사합니다!"

"열심히 하겠습니다!"

그렇게 모두가 들떠 있는 동안, 묘하게 굳어 있는 사람이 있었다.

"…대사가 별로 없네."

더블틴의 온. 그가 작게 중얼거린 말을 들은 상준은 속으로 웃었다.

아마 이 자리에 와서 그가 꺼낸 말 중에서 유일한 진심일 터였다.

가수로서는 상준과 하운에 비해 훨씬 선배인데, 대사가 별로 없는 조연인 게 영 탐탁지 않았겠지.

"……."

그도 그럴 것이 온이 맡은 역할은 개였다.

정확히는 석우의 그림을 통해 사람이 되어버린 개.

채아를 졸졸 쫓아다니며 인간인 석우에게 질투심을 느끼는 역할이었다.

무슨 생각으로 저 배역을 덥석 하겠다고 물었는지는 모르겠지만, 비중에 비해 훨씬 더 까다로운 배역이다.

개의 감정을 인간처럼 치환시켜 표현한다는 것이 결코 쉬운 연기는 아니니까.

"연기 잘하더라."

"아, 감사합니다."

"열심히 해라."

상준과 하운이 칭찬받는 걸 보면서 차오른 자격지심까지 숨기지는 못한 모양.

은근히 틱틱대며 회의실을 나서는 온의 뒷모습을 보며.

상준은 속으로 중얼거렸다.

'개 같은 배역이 어울리긴 하네.'

*   *   *

「메디컬로맨스페이퍼」 첫 촬영 날.

아직 봄이 오기는 멀었는지 살벌한 추위가 상준을 기다리고 있었다.

"씬 파이브, 촬영 들어갈게요!"

벌써 하운의 촬영은 끝이 났고, 온과 상준의 촬영이 남아 있는 상황이다. 하운은 꽁꽁 얼어버린 손을 핫 팩으로 녹이며 종종걸음으로 달려왔다.

"형, 춥죠?"

"오늘은 진짜 장난 아니네."

음악방송과 예능은 주로 실내에서 진행되니 몰랐지만 드라마 촬영은 이런 추위에는 배로 고단했다. 밖에서 대기하는 시간이 촬영보다 기니 지칠 수밖에.

그나마 촬영이 잦았던 하운과 상준은 덜했지만, 온은 완전히 심기가 불편해 보였다. 그 불편한 심기를 잘도 숨기고 선배님들에게 말을 걸고 있었지만.

"선배님, 춥지 않으세요? 커피라도 드시고 하세요."

"네가 더 추워 보인다. 옷은 어쩌고?"

"아, 더워서요. 저는 괜찮아요."

어떻게 보면 저것도 재능이다.

태헌에게서 온의 이야기를 들었던 하운은 상준과 마찬가지로 인상을 찌푸리고 있었다.

그때, 온이 은근한 눈치로 하운을 불렀다.

"이거 좀 들고 있어 볼래?"

"아, 네."

대선배들에겐 깍듯이 인사하면서 후배인 하운에게는 은근히 오라 가라 하는 온. 이중적인 태도야 충분히 들었으니 놀랍지 않다 쳐도.

"옷은 왜……. 그리고 계세요?"

이 추운 날씨에 파카를 걸치지 않고 있는 건 뭐란 말인가.

하운은 당황한 표정으로 눈을 끔뻑였다.

"까먹고 차에 두고 왔는데 춥네."

'차에 옷을 두고 온다고?'

제정신이 박혀 있다면 몇 걸음만 떼도 알 만한 추위다. 그걸
모르고 나오진 않았을 터였다. 온은 능청스러운 목소리로 말을
이었다.

"매니저 형이 가져다준댔는데, 언제 오는지 모르겠네."

"아, 그래요……?"

"언제 오는 거야, 진짜."

그러면서 하운의 파카로 향하는 온의 시선.

멀찍이서 그걸 지켜보고 있던 상준은 불편함에 인상을 찌푸
렸다.

"어후, 춥다."

"어……."

일부러 더 오들오들 떨면서 저런 말을 하고 있다.

벗어달라는 의미인가.

혼란스러워하는 하운의 눈빛에 보다 못한 상준이 나섰다.

"어, 상준아."

온은 평상시의 부드러운 미소로 상준을 맞이했다. 아까 대선
배들 앞에서는 더워서 벗었다더니만 마음이 약한 하운 앞에서
는 저렇게 떨고 있으니.

"너무 춥지 않아?"

저렇게라도 관심을 끌어보고 싶었다면야.

'좀 더 떨어봐라.'

상준은 미소를 띤 채 입을 열었다.

"네, 추워 보이시네요."

*   *   *

"씬 13번 시작할게요!"

때마침 스태프의 목소리가 들렸기에 망정이지, 온의 표정은 순간 살벌했었다. 상준은 침을 삼키며 건조한 얼굴로 촬영에 나섰다.

"……."

상준과 온 사이를 감싸고 도는 미묘한 정적. 하필 둘이서 촬영하는 씬이다 보니 더 어색하다.

그리고.

상준은 온이 저 역을 맡은 이유를 이제야 알았다.

'이래서였냐.'

"지금 장난해? 하, 너 내가 만만하냐?"

온은 말 그대로 개같은 배역이었다. 감정적이고 충동적이며 본능적이다. 본인이 인간이라고 착각하기에, 자신을 그렇게 바라봐 준 채아에게 집착한다.

그래서 자신을 만들어준 석우를 극도로 싫어하고, 그걸 말보다 주먹으로 푸는 타입.

남들의 눈에는 온이 배역에 충실한 걸로 보이겠지만. 상준은 달랐다.

'저건 진짜 감정적인데.'

연기로서 판을 깔아버린 것이다. 상준에게 쌓여 있는 악감정을 교묘하게 풀어내겠다는 얘긴데…….

"진정하고 말하지. 인간답게."

상준은 입술을 지그시 깨문 채 석우로서 연기를 이었다. 하지만, 그걸 깨워 버리는 온의 감정적인 연기.

"하, 내가 지금 진정하게 생겼어? 네가 처음 채아한테 껄떡댈 때부터 내가 알아봤어. 너는……."

온은 말 그대로 날뛰고 있었다. 가식적인 가면을 벗어던지고 본래의 성격을 가감 없이 드러내고 있는 모습. 상준은 담담한 표정으로 그런 온을 물끄러미 바라보았다.

상준은 머릿속으로 대본의 내용을 그렸다. 대본상으로 이다음 장면은…….

퍽.

"으윽."

예상했던 것보다도 갑작스러운 온의 주먹질에 상준은 앞으로 고꾸라졌다. 원래는 합을 맞춰서 들어갔어야 하는 장면. 촬영장 밖이 술렁이기 시작했다.

"뭐지?"

"진짜 때린 거 아니야?"

"힘 빼고 들어갔겠지."

둘의 살벌한 연기에 스태프들은 혼란스러워했다. 멀리서 지켜보고 있으니 확신할 수 없는 상황. 그 와중에도 상준이 연기를 이어가고 있으니 쉽게 컷 할 수가 없었다.

'하, 비겁하게.'

상준은 입술을 꽉 깨문 채 자리에서 벌떡 일어났다. 어차피 두 번 찍을 바에야 깔끔하게 끝내는 게 낫다는 판단이었다. 상준의 미묘한 표정에서 상황을 파악한 하운의 얼굴이 일그러졌다.

"이렇게 해서 네가 얻는 게 뭐야?"

상준은 살벌한 눈빛으로 온을 마주했다.

석우로서의 물음이기도 했지만, 상준이 말하고자 하는 대사기도 했다.

이렇게까지 함으로써 온이 얻을 만한 거.

하지만, 상준은 알았다.

이다음으로 대답이 돌아오지 않으리라는 걸.

"…아."

겁나 아프네, 진짜.

상준은 배를 움켜쥐며 인상을 썼다. 아까까지는 연기할 여력이 남아 있었다면, 이번에는 그럴 힘도 없었다. 어찌나 감정을 실어서 때렸는지 절로 악 소리가 날 뻔한 걸 간신히 삼켰다.

그나마 다행인 것은.

"컷! 오케이!"

간신히 씬을 넘겼다는 것.

여기서 NG가 났더라면 정말 돌아서 온에게 달려들었을지도 몰랐다.

오늘의 마지막 씬.

촬영이 간신히 끝나자마자, 멀찍이서 촬영을 기다리고 있던 하운이 곧바로 달려왔다.

"형, 형! 괜찮아요?"

방금 장면이 연기가 아닌 실제 상황이라는 걸 단번에 눈치챈 모양이었다.

"어."

상준은 흙먼지가 묻은 바지를 툭툭 털고선 자리에서 일어났다.

"진짜 괜찮은 거 맞아요? 이건 아무리 봐도……."

하운의 소란에 스태프들의 시선이 다시 쏠렸다.

온은 그제야 다시 가면을 썼다.

"괜찮아?"

진심으로 걱정된다는 듯한 눈빛.

그게 가식임을 아는 상준은 화가 날 뿐이었다.

"상준아?"

멀리서 송준희 매니저가 부르는 소리가 들렸다.

상준은 괜찮다며 손사래를 쳐 보였다.

아직 대화가 끝나지 않은 상황이니까.

"연기하다가 실수로 힘 조절을 못 한 거 같은데……."

지켜보는 시선이 너무 많다. 상준은 대답 대신 고개를 끄덕였다.

"내가 연기가 처음이라서. 알지? 부족한 게 좀 많아."

부족한 건 인성 같은데.

하운은 기가 찬다는 듯 온을 은근히 쏘아보았다. 그의 시선을 느꼈을 텐데도 온은 친절한 선배인 양 연기를 이어가고 있었다.

'아무리 봐도 연기에 소질이 충분한데.'

일상이 연기인 사람이라.

상준은 속으로 조소를 머금은 채 담담하게 말을 뱉었다.

"저는 괜찮습니다."

별로 일을 크게 만들고 싶지 않다는 상준의 뉘앙스에 하운은 한 걸음 뒤로 물러섰다. 스태프들도 의아한 시선을 몇 번 보내더니 이내 장비를 정리하기 시작했다.

"후."

상준 역시 깊은 한숨을 내쉬며 자리를 뜨려 했다.

그 순간이었다.

바로 뒤에서 느껴지는 서늘한 인기척.

온이었다.

"……."

"야."

표정을 보니 가식은 잠시 내려놓기로 한 모양.

상준은 체념한 표정으로 고개를 돌렸다.

온은 비릿한 웃음을 흘리며 상준의 귓가에 작게 속삭였다.

"네가 내 동생 건드렸어?"

*　　　*　　　*

'미친개는 건드리는 거 아니래. 우리 할아버지가 맨날 그러셨거든.'

태헌이 혀를 내두르며 꺼냈던 말이었다.

'더블틴 온. 그 자식은 진짜 미친개야.'

한 번 찍은 사람은 교묘하게 죽어라 괴롭힌다고. 태헌에게서 들은 온의 평은 그랬다. 상준은 자신을 올려다보는 온의 눈빛에서 태헌의 말을 읽었다.

'진짜네.'

차라리 가식을 유지라도 해줄 때가 보기에는 훨씬 더 좋았는데.

상준은 속으로 한숨을 내쉬며 온의 말을 들었다.

남들이 멀찍이서 보기에는 미소를 지으며 덕담을 나누는 선후배 사이. 하지만, 정작 그 안에서 주고받는 내용은 그렇게 아름답지 않았다.

무슨 소리인가 하고 들어보니 연의 ASK 내용을 상준이 유출한 거 같다는 남매의 대단한 착각이었다.

상준은 헛웃음을 치며 답했다.

"저 그렇게 한가한 사람 아닌데요."

"뭐?"

"제가 뭐 하러 그렇게까지 해요."

그건 누구보다도 온 자신이 가장 잘 알 터였다.

컴백 준비부터 프로듀싱에 예능, 드라마 출연까지.

몸이 열 개라도 모자랄 지경에 별 관심도 없는 신인의 사생활을 왜 파헤친단 말인가.

온은 논리적인 상준의 말에 서늘한 눈길을 보냈다.

"똑바로 지켜볼 거야, 너."

이제는 대놓고 협박까지.

입가에 미소를 띠운 채 저런 말을 하는 게 정말 코미디가 따로 없다.

저렇게 말하면 겁이라도 먹을 줄 알았던 걸까.

상준은 속으로 중얼거렸다.

"어이구, 무서워라."

"뭐?"

"……!"

아니, 밖으로.

*　　　*　　　*

두 번째 촬영에서도 상황은 크게 다르지 않았다.

하필이면 촬영하는 장면마다 서로 대립각을 세우는 장면이라 더 그랬다.

"이야, 상준이 연기 잘하네."

"그렇죠?"

특히 스태프들 사이에 상준에 대한 칭찬이 나올 때만 되면 온은 주기적으로 표정 관리에 실패했다. 그래 봤자 상준만 눈치챌 정도의 미묘한 변화였지만.

"온 씨."

"아, 네."

"조금 힘 풀고 연기해 줘도 될 거 같은데."

아무리 감정적인 역할이라 해도 제 감정을 다 쏟아붓고 있으니 종종 부자연스러운 장면이 연출됐다. 그런 면을 지적한 대선배 강주옥의 말에 온은 부드러운 미소를 지었다.

"네, 노력해 볼게요."

"한번 상준 씨한테 물어봐."

"…네?"

"같이 합도 맞추고."

연기 경력 30년이 넘은 그녀의 눈엔 둘의 연기가 확연히 다름이 느껴졌다. 두 배우의 균형을 통해 만들어져야 하는 장면에서 자꾸 그 균형을 깨려 드는 게 온이었다.

상준이 적정선을 맞춰서 연기를 하려 한다면 온은 너무 과했다.

그걸 받쳐주면서 연기를 자연스럽게 흘러가게 도와주고 있는 게 바로 상준이었다.

"연기 잘하더만. 상준 씨가 알려주면 되겠네."

"아……. 네."

온은 어색한 미소를 지으며 고개를 끄덕였다.

대선배의 눈길이 계속 자신을 따라오고 있다.

"…해봐."

온은 불쾌한 얼굴로 상준의 옆에 앉았다. 상준은 당황스러운 눈길로 온을 올려다보았다. 줄곧 촬영을 하다가 잠시 쉬는 틈인데 난데없이 신경질이라니.

온은 인상을 쓰며 말을 뱉었다.

"가르치는 척이라도 해보라고."

그걸 원한다면야……

"씬 21번에서 석우의 감정이 어떻겠어요? 대본에 쓰인 내용 말고도 이 배역을 통해 읽을 수 있는 걸 이렇게 메모해 두고……"

상준은 정말 성심성의껏 알려주고 있었다. 대본에 빼곡히 적힌 상준의 메모를 보며 기겁하는 온. 이제는 이 후배가 자신을 먹으려고 하는지, 진심으로 최선을 다하고 있는지도 판단이 되질 않았다.

상준은 담담한 목소리로 말을 이었다.

"이걸 온전히 이해한다면 어떤 상황에서도 최석우스러운 대사가 나올 거 아니에요. 스토리를 그리는 게 작가의 몫이라면, 그걸 장면으로 만들어내는 건 배우의 몫이죠. 작곡가가 그려둔 밑바탕에 이야기를 부여하는 가수처럼."

"……"

조금의 깨달음이라도 얻길 바랐는데.

일단 표정을 보아하니 그다지 이해하고 있지는 않은 거 같다.

"너, 나 가르치냐?"

"가르치라면서요."

어차피 가식을 빼놓고 대화하고 있는 사이에 굳이 예의를 차릴 필요도 없었다. 상준의 단호한 말에 말문이 막힌 온은 웃음을 흘렸다.

"이야, 잘 가르치네. 따박따박 말도 잘하고."

상준은 천천히 고개를 들어 온을 응시했다.

"선배님."

"왜? 더 가르칠 게 남아 있어?"

아무래도 그런 거 같다.

상준은 수긍하며 연에게 건넸던 말을 떠올렸다.

"선배님은 이미 기회를 잡으셨잖아요."

"하, 이거 진짜 웃기는 새끼네."

상준의 한마디에 표정이 급격히 어두워진다. 아마 연에게 여기까지도 전해 들은 모양이다.

"근데 그거 아세요?"

누가 뭐라고 해도 지금의 더블틴은 꽤 성공한 가수였다.

수없이 쏟아지는 기회를 잡았고 이 자리에까지 올라섰다.

하지만.

제 과거만 믿고 패악질을 부리는 사람들에게.

"세상은 있던 기회도 뺏어 간다는 사실을."

둘의 살벌한 눈빛이 허공에서 교차했다.

*　　　　*　　　　*

온은 그 뒤로 아무 말도 하지 못했다.

대선배 강주옥이 잘 되어가고 있냐고 인자한 미소로 다가왔기 때문.

비겁하게 도망치던 온의 뒷모습을 떠올리며 상준은 속으로 조소를 머금었다.

"하."

그렇다고 해서 모든 게 잘 풀리고 있는 상황은 아니었다.

괜히 욱해서 대처한 거긴 하지만, 걱정이 되는 것도 사실이었다.

'이걸 몇 달을 부딪쳐야 해……?'

온은 교묘했고 잔인했다. 연이 솔직하게 감정적이었다면 온은 달랐다. 어떤 식으로 날뛸지도 전혀 감이 잡히질 않는 상대였다.

더욱이 탑보이즈의 기준에서는 선배가 맞고.

"…졸리다."

"숙소 가서 푹 쉬어."

송준희 매니저를 따라서 고단했던 촬영장을 나서는 상준.

무거운 발걸음으로 주차장으로 향하던 순간.

"저기요."

회색 비니를 깊게 눌러쓴 남자가 다가왔다.

"저 메디컬로맨스페이퍼 촬영 팀인데……."

"아, 네. 무슨 일이시죠?"

어쩐지 얼굴이 익숙하다. 상준은 고개를 끄덕이며 남자를 바라보았다.

"저, 정말 죄송한데……."

진심으로 난처해 보이는 남자의 눈빛. 창백해 보이기까지 하는 모습에 상준은 의아한 얼굴이 되었다. 촬영 관련 문제가 생겼나 싶어 불안해하던 찰나.

남자의 입에서 믿기지 않는 한마디가 흘러나왔다.

"저……. 저번부터 들었거든요."

"네?"

"더블틴 온……."

SG 엔터 쪽 사람인가.

상준은 남자의 말에 본능적으로 경계했다. 괜한 트집을 잡아서 논란을 만드는 거야 이 바닥에서 흔한 일이니까.

하지만, 남자의 말은 예상 밖이었다.

"저, 그 사람 동창이에요."

*   *   *

"원래도 그랬어요."

인적이 드문 카페. 동창이라던 남자의 말을 듣기 위해 따라온 상준은 침음을 삼켰다.

「메디컬로맨스페이퍼」의 촬영장에 왔다가 온을 보고선 기겁했다고.

학창 시절에 자신을 죽어라 괴롭혔던 그 사람을 다시 촬영장에서 만나야 했으니까.

더 기가 막힌 건…….

"절 기억도 못 하더라고요. 그게 몇 년이나 지났다고."

"아."

"그런 사람들이 수없이 많았나 보죠."

남자는 피식 웃음을 흘리며 고개를 떨궜다.

중학교 시절의 온은 동네에서 알아주는 양아치였다고 했다.

반 친구들의 돈을 뺏고 다닌 것은 물론이고, 약한 애들을 골라서 괴롭혔던 인간.

"하."

남자의 말을 처음부터 끝까지 듣고 있자니 입이 절로 벌어졌다.

혹시 무슨 일이 있을까 싶어서 따라왔던 송준희 매니저도 마찬가지였다.

'진짜 쓰레기가 따로 없네.'

더 이상 사람처럼 보이지도 않았기에, 상준은 줄곧 인상을 찌푸리고 있었다.

"아마 벼르고 있는 사람들도 많을 거예요. 몇 번 논란도 떴고."

상준은 몰랐지만 몇 번 이야기가 오고 갔다고 했다. 그때마다 어마어마한 팬덤과 SG 엔터의 힘으로 기사화되는 걸 막았다고 했다.

"워낙 옛날 일이잖아요."

근거를 찾는 거 자체가 쉽지 않았고 그렇게까지 정면으로 나서서 유명한 아이돌과 싸우려는 사람도 없었다. 그만한 열정으로 덤비기엔 모두 옛날 일들이 되어버렸으니.

하지만, 남자는 그러고 싶지 않은 모양이었다.

'시간이 지난다고 잊힐 리가.'

남자는 인상을 찡그리며 힘겹게 말을 뱉었다.

"만나기 싫어요."

"그렇죠."

촬영장에서 다시 얼굴을 마주하는 것도 힘들고, 가능하다면 그 추악한 가면을 벗겨내고 싶다고.

남자는 떨리는 손으로 휴대전화를 탁자 위에 올려놓았다.

"이게 뭐예요?"

"…그때 찍은 거예요."

상준은 천천히 남자의 휴대전화를 돌렸다.

무슨 영상인가 했더니, 지난 촬영 당시의 장면이었다.

온이 은근히 주먹에 힘을 싣는 모습이 고스란히 담긴 영상.

아무도 눈치채지 못했다고 생각했는데 구석에서 떨리는 손으로 이 영상을 찍고 있었던 모양이었다.

"아."

상준은 짧은 한숨을 내쉬며 작게 중얼거렸다.

"이렇게 불쌍하게 나왔나요."

"…네."

그걸 굳이 공감해 줄 필요는 없는데.

상준은 피식 웃으며 혀를 내둘렀다.

"저는 괜찮은데. 이런 거 매니저님이 보시면 상처받으시거든요. 얼마나 감수성이 풍부하신데……."

"……."

"우세요?"

아니나 다를까. 이미 눈시울이 붉어져 있다.

"저걸 왜 말을 안 했어."

송준희 매니저는 안 울었다고 손사래를 치면서도 창백하게 얼굴이 질려 있었다. 저렇게까지 화나 있는 모습은 서 PD 사건 이후로 오랜만이다.

"별일 없었다며."

스태프들과 대화를 나누는 동안 벌어진 일인 데다가 괜찮다고 해서 신경을 안 쓰고 있었는데, 이런 각도에서 보니 전혀 연기로 보이지 않았기 때문이었다.

"별일 없었어요."

"없긴 뭐가 없어. 이거 영상 저한테 보내주세요."

송준희 매니저는 인상을 찌푸리며 단호하게 말을 뱉었다.

"잠깐만."

하지만, 상준은 보다 냉정했다. 남자가 이렇게까지 자신에게 찾아와 얘기를 늘어놓는 데는 이유가 있을 테니까.

"그래서요?"

"어……."

"저한테 이걸 왜 보여주시는 거죠?"

이걸 들고 가서 SG 엔터를 협박하라는 의도는 아닐 테고.

상준은 남자를 똑바로 응시하며 의도를 읽어보려 했다.

"그게……."

원래는 논란을 제기할 테니 거기에 증언을 해달라고 할 생각이었다.

그러나 남자의 계획을 들은 상준은 고개를 저을 수밖에 없었다.

너무 위험한 행동이다.

똑같은 이슈를 끌어올린다 쳐도 일반인과 연예인은 그 파급력이 다르다.

말 한마디조차 다르게 해석될 수 있는 상황에서, 이름을 걸고 선배를 깐다는 것이 결코 쉬운 일이 아니니까.

상준은 단호하게 고개를 저었다.

"그건 제가 할 수 있는 일이 아니에요."

"충분히……. 그러실 수 있다고 생각합니다. 이해해요."

남자는 고개를 푹 숙인 채 동감했다. 처음부터 강요할 생각으로 찾아온 건 아니었으니까. 그저 지푸라기라도 잡아보려는 심정이었지.

"그런데."

"……."

"도와드릴 수는 있을 거 같네요."

논란을 기폭시킬 만한 이야깃거리를 던져주는 거쯤이야.

상준은 미소를 지으며 남자를 바라보았다.

"한번 저를 이용해 보세요."

＊　　　　＊　　　　＊

「더블틴 온 인성 논란, 학창 시절 일진이었다?」

방아쇠를 당기듯 순식간에 커다란 논란이 터졌다.

한 커뮤니티에 올라온 장문의 글.

연예인 A씨라는 이름으로 올라왔지만, 그게 온이라는 사실은 충분히 짐작할 수 있었다. 그걸 누가 올렸는지도.

"결국 터졌네."

상당히 구체적인 정황과 대화 내용들.

얼마나 오랫동안 그 감정을 쌓아왔는지 여실히 알 수 있었던 부분이었다.

안타까운 게 있다면…….

"다들 안 믿네."

―솔직히 저렇게는 나도 쓰겠다 ㅋㅋㅋ 하여간 요새는 무슨 글만 쓰면 단체로 믿으려고 달려드냐

ㄴ안티가 이참에 까려고 달려드는 거지 뭐

ㄴ일단 무조건 중립 기어 박아야지 이건

ㄴ여러분 아직 온이 해명 안 나왔어요

ㄴ진짜 이거 누가 올렸냐 내가 반드시 너 찾아간다

ㄴ찾아가서 어쩌려고?

ㄴ네가 알아서 뭐 하게? 네가 폰동창이냐?

—결론은 그냥 옛날에 일진이었다 이거임? 증거는?

ㄴ그래도 동창 증언 몇 개 나왔던데?

ㄴ학교 선생님 글도 올라왔잖아요. 착실하고 공부 잘하는 학생이었다고. 진짜 단편적인 글만 보고 다 몰고 가네

ㄴ원래 그런 애들이 선생님 앞에선 착한 척해 ㅋㅋㅋ

ㄴ뇌피셜로 몰고 가지 말라고

"어떻게 나올까."

유찬은 인상을 찌푸리며 작게 중얼거렸다. 온의 성격을 어느 정도 파악한 상준은 확신할 수 있었다.

"아마 그런 일 없었다고 할걸?"

정확히 3시간 뒤.

상준의 예상은 맞아떨어졌다.

「SG 엔터 '아티스트에게 확인해 본 결과 해당 사실 없어' 허위사실유포 전부 고소할 것」

"뻔뻔하네."

온이 공식 입장을 들고 나서자 더블틴의 팬들은 더 적극적으로 공격에 나섰다. 팬인 만큼 아티스트의 말을 전적으로 믿는 모습이었다.

ㅡ봐봐 내가 뭐라 그랬냐 ㅋㅋㅋㅋ 아까 난리 치던 애들 다 사라졌죠?
ㄴ안 사라졌는데?
ㄴ학폭 맞다는 증거는 뭐고, 아니라는 증거는 뭐임?
ㄴ본인이 아니라고 하면 아닌 거야?
ㅡ양쪽 입장 다 들어보라며 그래서 결론이 뭔데 ㅋㅋㅋ
ㄴ아니라잖아
ㄴ222222
ㄴ온이가 그럴 리 없음 ㅠㅠ 멤버들도 다 온이 착하다고 그랬어요
ㄴ학교에서 반장까지 했던 앤데 그럴 리가 없지
ㄴ하여간 다들 일단 물어뜯는 거 봐……. 온이 억울해서 어떡해 ㅠㅠ

절대 아니란다.

너무도 강경한 입장에 상준은 조소를 머금었다.

연예계 활동 전체가 걸린 문제니, 발뺌을 하고 나설 수밖에 없었겠지. 그래도 피해자들은 조금이나마 희망을 가지고 있었을 텐데.

수긍하고 사과하리란 생각.

유감스럽게도 온은 마지막으로 주어진 기회마저 내다 버렸다.

"매니저님."

"어."

송준희 매니저는 고개를 끄덕이며 자리에서 일어섰다.

불은 이미 한바탕 지펴진 상황이니, 이제 하나만 남았다.

여기에 기름을 더 부어줄 차례.

송준희 매니저는 건조한 목소리로 한마디를 던졌다.

"지금쯤 올라갔을 거야."

*　　　　*　　　　*

「'메디컬로맨스페이퍼' 촬영 현장, 연기를 가장한 폭행」

「더블틴 온 인성 논란 다시 한번 불 지피나」

「더블틴 온 이어지는 학폭 논란, 동창들의 증언 쏟아져」

「'메디컬로맨스페이퍼' 온 하차 결정, 추가 영상 폭로」

「JS 엔터 측 입장 '아티스트 안전을 위해 강경 대응 할 것'」

한 시간 뒤에 여론은 한바탕 뒤집혔다.

'메디컬로맨스페이퍼' 팀에서는 온의 하차를 즉각적으로 결정했고, 추가 영상 폭로도 이어졌다.

"아, 네 감사합니다."

조승현 실장이 이를 갈고 나선 덕에 남자가 보내준 영상뿐만 아니라, 온의 은근한 협박 영상까지도 전부 찾아낸 것이었다.

그때는 몰랐는데, 그중 몇 장면이 실수로 촬영된 모양이었다.

"어떻게 하신 거예요?"

상준은 놀란 눈을 끔뻑이며 조승현 실장을 올려다보았다.

상대는 SG 엔터다. 탑이라고 할 수 있는 부동의 매니지먼트.

드라마 팀에서 영상 유포를 허락한 거 자체가 놀라울 수밖에 없었다. 조승현 실장은 소파에 앉으며 입을 열었다.

"설득했지."

SG 엔터의 눈치를 볼 수밖에 없는 방송국이다. 더블틴의 온은 그 정도의 파급력을 지니고 있었고. 하지만, 일이 커질 수밖에 없는 모든 증거를 지닌 상태에서 온을 버리지 못하면 드라마에 큰 영향이 갈 수 있었다.

어차피 쓰러질 배는 과감하게 버리기로 결정한 것.

—언제는 아니라며 ㅋㅋㅋㅋㅋㅋ

ㄴ와, 진짜 세게 때리네. 저게 미쳤나?

ㄴ이걸 왜 아무도 안 말린 거? 모를 수가 없을 거 같은데

ㄴ평상시에도 후배들 저렇게 때리고 다녔겠지;; 안 봐도 뻔함······. 하물며 학교 다닐 때는 어땠겠어? 더했으면 더했지

ㄴ중립 절대 안 지켜~ 이거 보고 어떻게 중립을 지켜?

—SG는 해명해라! 해명해라!

ㄴ뭐 하러 해명을 들어요. 그냥 끝난 거지

ㄴ더블틴에서 나가리 되겠네 ㅋㅋㅋㅋ

ㄴ그 와중에 연이 미래 예지한 거 실화냐 ㅋㅋ 오빠네 그룹 인성 쓰레기라며

ㄴ동생보다 더 쓰레기인듯 ㅋㅋㅋㅋㅋ

ㄴ차라리 그건 실드라도 칠 수 있지 이건;;

ㄴ후배 패는 장면이 정확히 박혔죠? 연기라고 실드 치는 팬들은 뇌가 없는 거지 ㅇㅇ

─딱 보니 본인이 연기 못해서 화난 걸 후배한테 풀었네

└ㄹㅇㅋㅋ

└상준이 연기 진짜 잘하더라…….

└아 이건 JS 엔터에서 빡돌 만하지 ㅇㅇ 강경 대응 하겠다고
기사도 떴던데

└ㅠㅠㅠㅠㅠㅠ 진짜 탑보이즈 애들 어떡해…….

사태가 이렇게 되니 SG 엔터에서도 더 이상 변명을 늘어놓을
수 없게 됐다. 최고의 인기를 누리고 있던 더블틴이었지만 온의
커다란 과오를 덮고 넘어갈 수는 없었다.

「더블틴 온 방송 활동 중단, 더블틴 하차 선언」

그렇게 온은 연예 뉴스의 헤드라인을 장식하며 팀에서 하차하
게 됐다. SG 엔터와의 계약도 해지되었고.

일주일 내내 실시간검색어를 꿰차며 몰락하는 온의 모습을,
상준은 씁쓸한 표정으로 확인했다.

제 과거만 믿고 패악질을 부리는 사람들에게.

'세상은 있던 기회도 뺏어 간다는 사실을.'

온은 부정하고 싶었겠지만 이번에도 상준의 말이 맞았다. 그
동안 쌓아왔던 모든 것들이 무너지는 데는 그리 오랜 시간이 걸
리지 않았으니까.

이래도 되나 싶을 정도로.

온은 빠르게 사람들의 기억 속에서 사라져 갔다.

이따금 생각날 때면.

'아, 그 양아치?'

딱 그 정도의 단어로 기억되어 버린 온.

그렇게 온이 방송계에서 완전히 하차한 후 2주가 지났을 때였다.

"형, 전화 왔는데?"

"아아악, 누가 아침 댓바람부터……."

"지금 1시야, 형."

새벽까지 연습한 탓에 비몽사몽했던 상준은 반쯤 감긴 눈으로 도영이 건네는 휴대전화를 받았다. 모르는 번호에서 걸려온 전화. 상준은 잠긴 목소리로 말했다.

"네, 여보세요."

─나상준 씨 휴대전화 맞으시죠?

"네."

혹시 사생인가?

의아해하며 휴대전화를 붙들고 있던 찰나.

─SG 엔터의 서중환 대표라고 합니다.

잠이 확 달아났다.

제2장

타이밍

고급진 레스토랑.

상준은 은은한 조명 아래에서 불편하게 스테이크를 썰었다.

너무도 당연한 얘기겠지만 지금 이 자리가 그다지 달갑지 않았다.

「아이돌 프로듀서」에서 본 이후로 처음으로 마주하는 자리.

서중환 대표는 냅킨을 내려놓으며 상준을 빤히 바라보았다.

'…왜 저래.'

부담스러워 미칠 거 같다.

어차피 좋은 얘기가 나올 리는 없을 거 같으니, 눈 딱 감고 물어볼 생각이었다.

상준은 스테이크 한 입을 베어 물며 천천히 입을 뗐다.

"왜 저를 부르셨나요?"

마주 보고 앉아서 스테이크나 썰 생각으로 부른 건 아닐 테고.

'체할 거 같잖아.'

상준은 간신히 표정을 관리한 채 서중환 대표를 응시했다.

"제가 일을 키운 거 같아서요?"

서중환 대표는 피식 웃으며 고개를 저었다. 그런 책임을 물으려 상준을 만난 건 아니었으니까. 사실 서중환 대표가 상준을 찾았던 이유는 서 PD 건 때문이었다.

생각보다 소문은 빠르게 돈다.

서 PD를 방송국에서 물러나게 만든 사람이 눈앞의 이 아이라는 걸, 서중환 대표가 모를 리 없었다.

그래서 괜한 호기심이 동했던 것이었다.

"그냥 궁금했습니다. 한번 만나보고 싶었거든요."

스윽. 슥.

다시 스테이크를 써는 소리만이 울려 퍼진다.

'대체 뭔데.'

참지 못하고 먼저 물으려던 상준은 서중환 대표의 말에 그대로 얼어붙었다.

"서 피디님 얘기 들었어요."

"……."

"이번 건도 그렇고. 그 맹랑한 신인이 누군가 싶어서."

더블틴의 리더를 잃는 건 분명 SG 엔터의 입장에서도 손실이 컸다. 아니, 솔직히 말해서 많이 컸다.

보이 그룹과 걸 그룹을 동시에 크게 흔들어놨으니 곱게 보이지 않는 것도 사실인데. 서중환 대표는 그보다 상준에게 더 관심이 갔다.

고작 데뷔 2년 차도 안 된 아이돌이 대체 무슨 수로 서 피디와 SG 엔터를 쥐락펴락한 건지. 서중환 대표는 낮게 깔린 목소리로 입을 열었다.

"저도 못 본 애들의 다른 면을 어떻게 본 겁니까."

더블틴의 온과 연.

연이 워낙에 감정적인 성격인지는 알고 있었지만 온의 사건이 터졌을 때는 누구보다 놀랐던 서중환 대표였다.

연습생 때부터 지금까지. 자신이 몇 년간 봐온 온은 리더에 가장 적합했고, 연예계에서 평판도 좋은 인물이었으니까. 적어도 그가 아는 바로는 그랬다.

"다른 면이요?"

상준은 담담한 목소리로 말을 이었다.

"원래 다 그래요."

"……."

"보여줄 만한 사람에게만 패를 까는 법이거든요. 제가 만만한 모양입니다."

상준이 피식 웃으며 말을 흘리자, 서중환 대표는 와인 한 모금을 들이켜며 고개를 저었다.

"그럴 리가요. 오히려 내가 잘 보여야 할 거 같은데."

적어도 상식은 통하는 사람이다.

상준은 서중환 대표의 능청스러운 말에 웃음을 터뜨렸다.

"제가 뭐 잘못한 거 있나요?"

"다행히 없습니다."

상준 역시 그런 서 대표의 말을 농담으로 받았다.

잔뜩 긴장하고 있던 어깨가 그제야 풀어졌지만, 상준은 서중환 대표를 완전히 믿질 않았다.

'뭔가를 숨기고 있어.'

이런 얘기를 하고자 자신을 부른 건 아닐 터였다.

스테이크가 아주 맛있긴 하지만…….

상준은 의심을 잠시 넣어두고 눈앞의 스테이크에 집중하기 시작했다.

연예계에서 쉽게 떠돌 법한 다양한 가십거리들과 기분 좋게 넘어갈 만한 칭찬들. 서중환 대표와의 식사 자리가 생각했던 것보다 훨씬 편안했다.

더욱이 눈앞에 있는 스테이크는…….

'부드럽네.'

그렇게 술술 넘어가는 스테이크 한 조각을 마저 삼키던 순간.

"나상준 씨."

"아, 넵."

서 대표의 입에서 묵직한 한마디가 흘러나왔다.

"저희 회사 오지 않으실래요?"

"…네?"

*　　　　*　　　　*

난데없는 캐스팅 제안.

'죄송하지만 힘들 거 같습니다.'

상준은 단칼에 거절하고선 서중환 대표와 인사를 나누었다.

'언제든지 생각이 바뀌면 연락주세요.'

어차피 강제로 끌고 갈 수도 없는 부분이고, 처음부터 승낙하진 않을 거라 생각했는지 서중환 대표는 끝까지 여유로워 보였다.

"후."

SG 엔터. 분명 매력적인 선택지지만, 상준이 바라는 길은 아니었다. 가장 힘들었던 시절 받아줬던 JS 엔터. 처음으로 사람 사는 맛을 깨달았던 곳이라 놓을 수 없었는지도 몰랐다.

인정으로 처리할 일이 아니란 걸 알지만.

이다음에도 상준은 서중환 대표의 제안을 거절할 수밖에 없지 않을까.

그런 상준의 상념을 깨운 건 송준희 매니저였다.

"상준아?"

"어, 매니저님!"

"무슨 생각을 그렇게 하고 있어?"

상준은 송준희 매니저가 건네주는 대본을 받으며 고개를 저었다.

"별일 아니에요."

"서중환 대표가 설마 너 협박했어? 더블틴 때문에?"

서중환 대표와 만나고 왔다는 사실을 전해 들은 송준희 매니저는 발을 동동 굴리고 있었다. 상준은 피식 웃으며 그런 그를 안심시켰다.

"에이, 협박했다고 제가 가만히 있을 앤가요."

"그럼, 네가 가만히 있을 애지. 그렇게 더블틴 그 자식한테 맞으면서도 가만히 있었으면서."

"옛날 일을……."

"정확히 2주 지났다."

"아, 들켰네요. 모른 척해줘요, 그런 건."

"아이고, 말이라도 못하면……."

상준은 손사래를 치며 「메디컬로맨스페이퍼」의 대본을 확인했다. 더블틴 온이 드라마에서 하차한 이후, 그 자리는 다른 배우가 대체했다.

―아 더블틴 하차하니까 갑자기 드라마가 땡기네 솔직히 걔 나와서 안 보려고 했는데

ㄴ뭐래 ㅋㅋㅋ 그 전까진 더블틴 온 이미지 좋았잖아

ㄴ좋았지~ 다 날라갔지~

―이거 티저 영상 봤음? 상준이 하운이 미쳤던데

ㄴ라인업 오지던데

ㄴ애당초 작가가 이은영이잖아 보나마나 존잼일 듯

ㄴ아아아아아아 기대된다 언제 오픈해!!

이은영 작가의 높은 인지도에 온의 이슈까지 더해지면서 화제성이야 이미 잡을 대로 잡은 상황이었다. 남은 건 완벽한 결과물을 만들어내는 것. 상준은 대본을 손에 쥐며 고개를 끄덕였다.

           *   *   *

"자, 촬영 시작할게요!"

석우의 제안을 단칼에 거절한 채아가 집에 돌아와 고민하는 장면. 채아의 내적갈등을 극적으로 드러내야 하는 씬이었다.

촬영장 멀찍이서 정윤서를 지켜보던 상준은 다시금 감탄했다.

"하.'

한숨을 내쉬며 석우의 제안을 곱씹어보는 채아.

'내 작품으로, 너를 도와줄게. 너 아직 찬이라는 그 남자, 좋아하 잖아.'

"그래도 이건 아니야."

석우의 능력을 처음으로 본 날 그런 욕심이 들지 않는 건 아니었 지만, 억지로 마음을 만들어낼 권리가 자신에겐 없다고 생각했다.

그건 진짜 사랑이 아니니까.

그럼에도 자꾸만 흔들렸다.

손톱을 물어뜯으며 정신없이 방 안을 왔다 갔다 하는 채아.

정윤서의 표정엔 그런 감정이 고스란히 드러났다.

"어떻게 하지?"

석우가 엄청난 대가를 요구했다면 한 번쯤 더 고민해 봤을지 도 모른다. 하지만, 그것도 아니었다.

'작품을 도와달라고?'

차기작으로 고민 중인 메디컬 웹툰의 배경 지식을 조언해 달라는 내용. 조금의 시간만 할애하면 충분히 가능한 일이었다.

정윤서는 천천히 허공을 향해 손을 뻗었다.

이렇게 잡힐 듯 가까운데.

"욕심을 내봐도 되지 않을까."

결국 찬과 이어지게 해주겠다는 석우의 제안을 받아들이고야 마는 채아. 정윤서의 손끝이 미묘하게 떨렸을 때, 연기는 끝이 났다.

"와."

복잡하고도 오묘한 표정 연기를 따라 극에 몰입하게 된 상준.

연기 현장에 있을 뿐인데도 마치 눈앞에서 드라마가 펼쳐지는 느낌이었다.

"컷, 오케이!"

"정윤서 씨 진짜 잘하네."

NG를 외칠 틈도 없다. 정윤서는 부드러운 미소를 지으며 촬영진 틈에서 나왔다.

"어땠어요?"

"네?"

갑자기 말을 걸어올 줄은 몰랐다. 상준은 놀란 눈으로 정윤서를 돌아보았다.

"저요?"

"그럼요."

연기 경력 면에서는 비교도 되지 않는 선배다. 자신에게 연기가 어땠냐고 묻는 거 자체가 당황스러웠던 것이었다.

거기에 대고 답해주긴 더 부담스러웠고.

"좋았습니다."

"그게 다예요?"

정윤서는 생각보다 훨씬 더 활기찬 사람이었다. 촬영장의 분위기 메이커. 선배든 후배든 편견 없이 다가오는 사람. 상준은 피식 웃음을 흘리며 말을 이었다.

"채아의 감정을 너무 고스란히 담아내서 놀랐습니다. 별다른 대사 없이도 그 감정이 너무 잘 전달되었거든요. 아, 저게 캐릭터구나. 싶었어요."

"그래요?"

칭찬이 싫지는 않은 모양이다. 정윤서는 두 눈을 반짝이며 은근히 웃음을 참았다. 입꼬리가 살짝 올라간 걸 보니 이쪽도 참 감정을 숨기진 못하는 성격인가 싶다. 잠시 고민하던 정윤서는 조심스레 말을 던졌다.

"그런 느낌을 살려보려 했어요. 그래서 물어본 거고."

"아. 그런데 왜 저한테……."

"상준 씨가 그거 잘하잖아요."

상준은 화들짝 놀란 얼굴로 정윤서를 돌아보았다.

입가에 미소를 머금고는 있지만 눈빛을 보니 진심은 맞는 거 같은데.

"배역 그 자체가 되는 거. 잘하잖아요."

"켁."

아무 생각 없이 물 한 모금을 삼키려던 상준은 그대로 사레가

들렸다. 연기 선배한테 듣는 직접적인 칭찬은 상당히 부담스럽다.

깜빡이라도 켜고 들어오시든가.

"아니에요. 저는……."

"잘해요. 부러울 정도로. 저는 그때 그렇게 못 했던 거 같은데, 아니, 아직도 그렇게 못 하는 것 같거든요."

"그럴 리가요."

상준은 당황한 낯빛으로 손사래를 쳤다.

"그런 말씀 마세요."

사실 연기 현장을 다니면서 느끼는 게 참 많았다.

첫째는 세상은 넓고 연기를 잘하는 사람은 많다는 것이고.

둘째는 그 사람들이 생각보다 더 잘한다는 것이었다.

「연기 천재의 명연」.

자신의 얄팍한 재능으로는 부족하다고 느껴질 정도. 이 재능마저 없었더라면 어떻게 했을까 싶었다.

그렇기에 정윤서의 칭찬을 있는 그대로 받아들일 수 없었다.

"더 열심히 해야죠."

"…너무 그러면 재미없어요."

"아, 그런가요."

상준은 머리를 긁적이며 흐릿하게 웃었다.

정윤서와 상준이 마주 보고 연기에 대한 대화를 나누는 동안, 촬영장은 다시 분주하게 돌아가고 있었다.

"왜 그래, 너. 책임질 생각으로 돌아온 거 아니었어?"

강약이 확실한 목소리.

독특한 어조가 상준의 귀에 꽂혔다.

'목소리가 진짜 독특하네.'

목소리만으로도 알아볼 것 같았다.

성우 해도 잘하겠다 싶은 목소리에, 상준의 관심이 여자에게 쏠렸다.

하지만, 연기는…….

솔직히 말해서 기대 이하였다.

"네가 먼저 나 좋다고 했잖아. 그 여자 버리고 오겠다 했잖아."

"그게……."

"하, 이제 와서 마음이라도 바뀐 거야?"

상준은 대본을 들어 해당 씬을 확인했다.

채아를 버리고 갔던 강찬이 다른 여자 친구와 싸우며 돌아서는 장면.

'…거의 서 피디인데?'

이 드라마의 관전 포인트가 복잡한 삼각 구도긴 했지만, 꼬이긴 상당히 꼬였다. 가뜩이나 꼬인 장면을 더 꼬이게 만드는 건 저 여자였고.

악에 받친 목소리로 소리를 지르는 낯선 얼굴의 여자.

'대본 리딩 때 봤던 거 같은데…….'

어째 잘 기억이 나지 않는다.

말이 조연이지 사실상 단역이나 다름 없는 수준의 분량이라 더 그랬던 걸지도.

"컷, NG!"

"아."

"저기 수정 씨, 너무 격하게 감정 넣지 말고 들어가 봐요."

상준이 느꼈던 바는 정확했다.

흥분한 톤으로 연기를 진행하다 보면 시청자들에게 피로감을 줄 수밖에 없다. 정확히 그 점을 지적하는 피디.

"네, 죄송합니다."

수정은 기가 죽은 얼굴로 곧바로 고개를 숙였다.

하지만, 다음 턴에서도 크게 달라지진 않았다.

"다시."

긴장한 탓에 실수가 이어졌고, 지적하는 부분은 더 확연하게 드러났다. 상준은 안타까운 심정으로 수정을 바라보았다.

인지도에 비해 어느 정도 나이도 있어 보였다.

20대 후반 정도. 정윤서와 비슷한 나이대인 거 같은데.

팔짱을 끼고 있던 정윤서가 작은 목소리로 중얼거렸다.

"연극 때 버릇 나오네."

"연극 하셨어요?"

"예전에 만났거든요."

정윤서는 고개를 끄덕이며 건조한 표정으로 다시 수정의 연기를 돌아보았다.

"근데 참 잘 안 뜨더라고요. 열심히 하는 친구인데."

"…아."

스포트라이트가 모든 사람에게 돌아가는 게 아니니까.

안타까운 일이지만 빈번하게 있는 일이다.

쓸쓸한 미소를 지으며 고개를 돌리려던 순간.

"……!"

상준의 머릿속에서 생각이 반짝였다.

처음부터 시선이 갔던 목소리.

문득 저 목소리로 곡을 만들어보고 싶어져서였다.

"한새별처럼."

연기를 배움으로써 노래가 늘었던 새별이 있다면.

그 반대도 가능하지 않을까.

＊　　　　＊　　　　＊

「'메디컬로맨스페이퍼' 기분 좋은 시작, 티저 공개」

「해외 판권 계약, '메디컬로맨스페이퍼' 수출 예정」

—메로페 기대되지 않음? 느낌이 잘될 거 같은데?

└솔직히 출연진도 쩔지, 작가도 쩔지. 애당초 그 둘만 해도 판권 팔릴 만했지

└시청률 15프로 예상해 본다

└첫방에 그건 힘들어도 결과적으로 찍을 거라고 봄 ○○

└에이 그래도 케이블인데

└왜 안 돼 난 당연히 될 거 같던데

└빨리 첫방 ㄱㄱㄱㄱㄱㄱ

—티저만 봐도 분위기 미친 듯

└와아ㅏ아아아아아아아

└ㄹㅇ 잘 뽑았더라

└웰메이드 드라마 하나 탄생 각인가?

—상준이랑 윤서, 하운이 케미 볼 수 있는 건가?

ㄴ아 기대돼… 미치겠다 ㄷㄷ

「메디컬로맨스페이퍼」의 인기는 티저가 공개되고 나서부터 이미 치솟고 있었다. 해외로 판권이 팔린 데다가 댓글 반응도 뜨거웠다.

수정은 떨리는 손으로 휴대전화를 손에 쥐었다.

'그래도 이번에는……'

좀 잘되지 않을까.

그런 기대가 괜히 그녀를 사로잡았다.

어차피 주연급 배역이 아닌 흐릿한 존재감일 뿐이지만.

한때 친구였던 정윤서가 톱배우가 되어 레드카펫을 걸어 다닐 때도, 함께 연극판을 뛰었던 친구들이 하나씩 꿈을 포기할 때도.

'할 수 있겠지. 언젠가 잘되겠지.'

그런 마음가짐으로 희망의 끈을 놓지 않았던 수정이었다.

마치 도박처럼 이 드라마에 마지막을 건다는 느낌으로 매달렸지만.

'NG! 아니, 그렇게 하는 거 아니라니깐!'

촬영장의 반응은 냉랭했다. 지나친 부담 때문이었을까. 원래 나오던 기량마저도 제대로 보여주지 못했던 그녀였다.

"아니, 잘될 리가."

그렇기에 현실적으로 판단할 수밖에 없었다.

그녀가 겪어온 현실은 절대 녹록지 않았으니까.

스크린에 나서면 잘될 거라는 기대를 품고 덤벼든 연예계였지만, 이렇게 힘겹게 싸워온 8년의 시간 동안 주목다운 주목조차 받아본 적이 없었다.

"하."

꿈같은 기사를 오른손으로 스윽 넘기고. 수정은 통장 잔고를 확인했다. 텅텅 비어 있는 잔고만큼이나 공허하기만 한 기분. 수정은 눈앞의 거울을 빤히 바라보며 깊은 한숨을 내쉬었다.

그저 열정만 믿고선 연극판을 뛰어다니던 소녀는 어느새 사라져 있었다. 지금은 현실적으로 눈앞의 상황을 마주할 수밖에 없었으니까.

"어떡하지."

7년간 계약에 묶여 있던 터라 변변한 알바도 하지 못했다.

그 탓에 꾸역꾸역 빚은 쌓여만 갔고, 이제 고작 한 달의 계약 기간이 남은 상황.

"이번에도 안 되면……."

그냥 놔주자.

줄곧 집착하며 놓지 못했던 그 꿈을 접어야 할 때가 왔음을, 수정은 직감했다.

"……."

거울을 빤히 바라보던 수정의 눈시울이 이내 붉어졌다.

*　　　　*　　　　*

같은 시각.

웅장한 사운드가 귓가를 때리는 작업실.

상준은 마스터 키보드를 두드리며 빠르게 음을 찍어나갔다.

마이데이의 두 번째 프로젝트, 화요일 앨범에 쓸 곡을 끝냈으니 급한 숨은 돌렸다. 하지만, 그보다 더 큰 열망이 아까부터 상준의 가슴속에서 끓어오르고 있었다.

'근데 참 잘 안 뜨더라고요. 열심히 하는 친구인데.'

일면식도 없는 사람일 뿐인데…….

자꾸만 정윤서가 했던 말이 귓가에 밟혔다.

무명의 연예인을 처음 본 것도 아니고 안타까운 케이스가 워낙 빈번한 연예계였지만, 단순히 그 이유 때문이 아닌 무언가가 상준을 사로잡고 있었다.

목소리.

"진짜……. 만들어보고 싶네."

프로듀서로서 탐이 나는 목소리다.

상준은 턱을 쓸어내리며 작게 중얼거렸다.

"후우."

딸깍.

빠르게 다음 프로젝트를 연 상준은 화면을 빤히 응시했다.

촬영 때 들었던 독특한 목소리에 색을 입힐 수 있을까.

'허락받은 것도 아닌데.'

노래를 잘 부르긴 할까.

아니, 노래 부르는 걸 좋아하긴 할까.

아는 게 단 하나도 없는데, 손이 자꾸만 키보드 위로 간다.

상준은 참지 못하고 헤드셋을 썼다. 특색 있고 독특한 그녀의 목소리는 R&B 장르에 가장 어울리지 않을까.

슬프면서도 그루브 있는 멜로디를 입히고, 그 여자의 목소리가 들어갈 파트를 남겨둔다.

'이런 느낌.'

단 한 번도 시도해 본 적 없는 장르지만, 손에 날개가 달린 듯 한순간도 막히질 않았다. 느낌 있는 분위기와 그녀의 목소리.

자연스럽게 모든 게 어우러지도록.

상준은 머릿속으로 고안하며 정신없이 손을 움직였다.

"……."

어쩌면 욕심일지도 몰랐다. 연기에 집중해야 할 배우에게, 그것도 아무런 연결 고리가 없는 낯선 사이에 노래를 만들어보자는 제안을 건네는 게.

그럼에도 확신이 들었다.

"분명 어울릴 거야."

노래 실력이 조금 부족해도 상관없다.

상준은 흐릿한 미소를 지으며 헤드셋을 내려놓았다.

이 노래에 딱 어울릴 만한 사람은.

"수정이라고 했던가."

그 사람밖에 없으니까.

*　　　　*　　　　*

"선배님, 선배님!"

정신없는 목소리가 신이 난 얼굴로 달려온다. 대기실에서 마침 나오려던 상준은 놀란 눈으로 한 걸음 물러섰다.

"오늘이 마지막 활동?"

"그렇게 말하니까 떠나보내려는 느낌인데……."

"아니, 그 뜻이 아니라."

아린이었다.

오늘은 유난히 밝은 노란색 옷을 입고선 잔뜩 흥분한 얼굴로 서 있었다. 상준은 머쓱한 미소를 지으며 고개를 끄덕였다.

맞다. 오늘은 탑보이즈 4집 앨범의 모든 활동이 끝나는 날.

동시에 뮤직월드의 MC 활동도 끝이 나는 날이었다.

"저 숨겨온 거 있는데."

아린은 두 눈을 반짝이며 상준을 올려다보았다.

화려하게 입은 옷 뒤로 네모난 실루엣이 보인다.

'케이크?'

상준은 퍽 놀란 얼굴로 고개를 갸우뚱해 보였다. 아린이 들고 온 선물의 정체에 놀랐다기보다도…….

"숨기고 있는 거 맞죠?"

"어? 하나도 안 보일 텐데."

"너무 잘 보여서요."

쿨럭.

아린은 헛기침을 하더니 뻔뻔하게 상자를 들어 올렸다.

"아, 놀란 척해야죠. 재미가 없네……."

아.

뒤늦게 생각해 보니 벽에 설치해 두었던 카메라가 생각이 났다.

오늘 대기실에서 촬영이 있을 거라며 전해 들었는데 이런 이벤트 때문일 줄이야.

놀란 척이라.

"…히익."

상준은 뒤늦게 기겁했다.

"너무 늦은 거 같은데요."

"일부러 그런 거예요. 제가 또 예능돌이라."

"아……. 그러셨어요?"

처음에는 무슨 말을 하든 철석같이 믿던 순수한 아린이었는데……

'그 순수함 어디 간 거야.'

이제는 데뷔 2년 차라며 검지손가락을 저어 보인다.

저렇게 단호할 수가.

상준은 시무룩한 얼굴로 고개를 숙였다.

"너무하네요, 정말."

"사녹 끝났어요?"

"사녹?"

상준이 작게 중얼거리자 자연스럽게 화제를 돌리는 아린.

상준은 고개를 끄덕이며 그녀의 말에 답했다. 이미 한 손으로는 소형 카메라를 든 상태였다.

뮤직월드 촬영 중임을 염두에 둔 대화.

상준은 카메라를 응시하며 싱긋 웃어 보였다.

"사녹 끝났죠. 마지막 방송."

이른 아침부터 촬영하느라 얼마나 힘들었던지.

'너의 노래'에 이어서 수록곡의 반응도 뜨거웠다.

아린은 기대에 찬 표정으로 상준에게 마이크를 넘겼다.

"1위 할 거 같아요?"

"1위는 힘들어도……. 제 마음속의 1위는 할 수 있지 않을까요."

"……!"

투둑.

열심히 상자에서 케이크를 꺼내고 있던 아린은 기겁하며 고개를 들었다.

"왜요?"

상준이 능청스레 묻자 싸늘한 대답이 돌아온다.

"아, 죄송해요. 방금 케이크 엎을 뻔했어요."

"거참 너무하네."

MC 활동을 몇 개월간 같이 하다 보니까 무슨 농담을 주고받아도 살벌하게 웃을 수 있는 사이가 되었다.

"뮤직월드 MC 하면서 그동안 느꼈던 소감 한마디 해주시죠."

아린의 물음에 상준은 잠시 고민했다. 예능을 여러 번 겪었던 상준에게도 음악방송의 MC 자리는 상당히 부담스러웠다. 언변술 재능으로도 모든 게 해결되지 않는다는 걸 뮤직월드 MC를 통해 느꼈고. 실제로 첫 MC 자리에 섰을 때의 진행 실력은 형편없었다.

"글쎄요. 저를 많이 성장하게 해준 프로그램?"

"오오, 성장."

"키도 컸어요."

"그럴 리가요."

이번에도 단호한 아린. 상준은 인상을 찌푸리며 다급히 반박했다.

"저 성장판 아직 안 닫혔어요."

"그 나이엔 닫혀요."

"이건 좀 상처인데."

억울하다.

나름 지난 겨울에 1cm가 컸다고 자부하는 상준은 진지한 얼굴로 답했다.

"닫혔는지 안 닫혔는지 CT 찍어서 알려 드릴게요."

"…여기 음악방송이에요."

"의학적으로 가능함을 제가 보여 드리겠습니다. 그런 의미에서 메디컬로맨스페이퍼 많이 사랑해 주……."

신나게 홍보하려던 상준은 아린의 손길에 제지당했다.

옆구리를 찌르는 바람에 다음 멘트를 이어갈 수가 없었다.

"커흑……."

"어디 아프세요?"

이렇게 자연스러울 수가.

"아악. 이렇게 절 맨날 괴롭혀요."

상준은 투덜대며 카메라를 내려놓았다.

분량은 어느 정도 뽑은 거 같으니 이제 사적인 얘기로 돌아가도 되지 않을까.

"끝일까요?"

"네, 그러죠."

딸깍.

카메라 전원을 끈 상준은 케이크 한 스푼을 입에 밀어 넣었다.

마지막 촬영 날이라 생각하니 씁쓸하면서도, 입안에 감도는 맛은 지나치게 달콤했다.

"아, 맞다."

상준은 웃으며 주머니에서 휴대전화를 꺼냈다.

아린을 만나 들려주고 싶었던 음악이 있었으니까.

"제가 이번에 기막힌 곡을 하나 뽑았거든요."

"어, 진짜요?"

마이데이 곡부터 탑보이즈 곡들까지.

상준이 그간 만들어온 곡들을 전부 기억하고 있는 아린은 두 눈을 반짝였다.

"어서 들어봐요."

이번엔 프로듀서로서의 욕심을 한번 담아봤다.

이게 과연 잘 먹힐까. 상준은 침을 삼키며 담아온 곡을 틀었다.

그리고, 이내 R&B의 매력적인 멜로디가 대기실을 가득 메웠다.

부르기가 다소 까다로울 것 같으면서도 자꾸 찾게 될 것만 같은 곡.

이 곡에 딱 맞는 가수를 찾게 된다면 그야말로 날아오를 법한 노래가 아닐까.

"좋다."

아린은 저도 모르게 작게 중얼거렸다.

그동안 상준이 가져 온 모든 곡들을 합쳐서 가장 좋았다.

단순히 즐거워서 만든 노래라기보다도 상준의 야망이 느껴지는 곡.

그 속에서 느껴지는 열망이 퍽 새로웠다.

"근데 음역대가 엄청 높네요."

아린은 호기심 가득한 눈으로 상준을 바라보았다.

일단 여자 음역대니 탑보이즈는 아닐 테고.

이 완벽한 곡을 받을 행운의 주인공이 누구일까, 궁금해져서였다.

"누구 거예요? 마이데이?"

마이데이 프로젝트라면 화요일까지 이미 끝낸 상태다.

상준은 대답 대신 고개를 저었다.

"아니, 그러면……. 한새별?"

그것도 아니다.

아린의 표정이 점차 의아함으로 가득찼다.

"허억. 설마 저예요? 저?"

저렇게 기뻐하니까 좀 미안한데.

"그게 아니라……."

자신도 아니라니.

상준이 뚱한 표정으로 고개를 젓자, 아린은 두 눈을 끔뻑이며
인상을 찌푸렸다.

마이데이도 한새별도 자신도 아니면.

"그럼 딴 년이에요?"

"……!"

저도 모르게 속마음을 뱉어버린 아린.

"네?"

"그……. 그게……."

아린은 두 팔을 휘저으며 어색하게 웃었다.

아무리 봐도 당황한 것 같은데.

뒤늦은 아린의 수습이 이어졌다.

"지금은 2023년이죠……. 그렇죠?"

티가 날 정도로 붉어지는 아린의 얼굴.

"그렇죠……?"

상준은 그런 아린을 멍한 얼굴로 바라보았다.

*　　　*　　　*

"와아아아아아!"

"진짜예요? 정말로?"

"대박이다, 와."

"촬영장 분위기 벌써부터 좋네."

「메디컬로맨스페이퍼」가 방영한 다음 날, 촬영장은 한바탕 난리가 났다. 첫 방송 시청률 12프로, 케이블 드라마라는 걸 감안했을 때 상당히 준수한 시작이었다. 아니, 가히 놀라운 수준이었다.

"요즘 공중파에서도 이렇게 안 나오는데."

송준희 매니저는 흐뭇한 미소를 지으며 작게 중얼거렸다. 상준은 고개를 끄덕이며 말을 얹었다.

"제가 그랬잖아요. 이건 될 거라고."

원고를 봤을 때부터 딱 느낌이 왔다. 거기에 화제성까지 더해지니 망할 수가 없었다. 상준은 뿌듯한 표정으로 하운에게 다가갔다.

아니나 다를까. 벌써부터 이미 얼빠진 표정을 하고 있었다.

"……."

"왜 그래?"

"너무 신기해서요."

아까부터 기사만 줄곧 찾아보던 게 그것 때문이었나.

주연급으로 출연한 드라마에서 이런 성적을 거둔 건 처음이라며 감격한 얼굴이었다.

그럴 만도 했다. 무명으로 관심조차 못 받았던 게 엊그제나 다름없었으니까. 상준이 「흥부외과—기억의 시간」을 촬영할 당시만 해도 이름 모를 카메오로 출연한 게 전부였다.

"…저러다가 울겠는데."

대본을 부둥켜안은 하운은 거듭 중얼거리며 제 기분을 다스리고 있었다.

"역시 대박이야. 진짜로……."

촬영진들의 표정은 전부 밝았다. 모두가 함께 공들여 준비한 드라마의 시작이 좋게 끊긴 것부터가 기분 좋은 축포나 다름없었으니까.

그렇게 촬영장을 천천히 둘러보던 상준의 눈에 수정이 닿았다.

"자, 기분 좋게 촬영 들어가 볼까요?"

"갑시다! 갑시다!"

"다들 파이팅!"

모두가 즐거워하는 분위기 속 홀로 우두커니 앉아 있는 수정.

함께 온 매니저도 멀찍이 떨어진 채 팔짱만 끼고 있었다.

'왜 그러지?'

분명 기분 좋아야 할 일인데 저렇게 어두운 얼굴이 이해가 되지 않았다. 수정의 얼굴에 드리운 그늘을 천천히 살피던 상준은 결심한 듯 주먹을 세게 쥐었다.

지금 이 순간에도 상준의 머릿속을 울려대는 멜로디.

언젠간 한번 꺼내야 하는 말이라고 생각했으니까.

"안녕하세요."

"아… 네."

수정은 놀란 얼굴로 벌떡 고개를 들었다. 같은 드라마에 출연하는 입장이긴 했지만 씬이 거의 겹치지 않는 데다가 수정의 촬영분이 거의 없다 보니 많이 엮일 일이 없었다.

그래서인지 상당히 어색한 인사.

대본 리딩 때 이후로 이렇게 가까이서 마주하는 것도 오랜만이다.

상준은 조심스럽게 입을 열었다.

"무슨 일 있으세요?"

어딘가 울적해 보이는 표정 때문이었다.

수정은 흐릿한 미소를 지으며 곧바로 고개를 저었다. 잠시도 고민하지 않은 듯한 모습이었다.

"아니요. 그런 거 없어요."

누가 봐도 있어 보이는 표정이다만, 사실상 초면인데 캐물을 수는 없었다. 어디서부터 말을 꺼내야 할까 고민하던 상준은 아예 적극적으로 다가서기로 했다.

'도영이가 어떻게 하더라.'

그 녀석은 처음 보는 사람한테도 잘 달려들던데.

상준은 도영처럼 생글거리며 말을 이었다.

"아, 다름이 아니라. 제가 요새 작곡을 하거든요."

"아… 네."

"지난번 촬영 때 이렇게 봤는데……. 갑자기 딱 영감이 떠올라서요."

"저… 저를 보고요?"

"네, 너무 목소리가 특별하셔서."

수정은 상준의 생각보다 많이 낯을 가리는 성격이었다.

하지만, 그런 와중에도 상준의 말이 의아했는지 두 눈을 번쩍 뜨는 수정이다.

"제… 얘기 하시는 거 맞죠?"

"네, 그런데요."

'이게 아닌가.'

어째 공기가 다시 어색해질 것만 같다. 상준은 다시 생글거리는 미소를 장착하고선 격하게 고개를 끄덕였다.

'백 마디 말하는 것보다 먼저 들어보라고 하는 게 낫겠지.'

이미 내질러 버렸으니 수습은 없다. 상준은 두 눈을 반짝이며 이어폰을 건넸다.

"…들어보실래요?"

잠깐의 정적이 이어지긴 했지만……. 수정은 먼저 다가온 사람을 내칠 만한 성격은 아니었다. 의아함이 여전히 가시지 않는 얼굴로 상준의 이어폰을 받아 드는 수정.

상준은 떨리는 손으로 음악을 틀었다.

처음으로 상준의 욕심을 물씬 담아낸 곡이 이어폰을 타고 수정의 귓가에 울려 퍼졌다.

수정의 목소리만이 마지막 퍼즐을 채워낼 수 있는 곡이다.

상준은 긴장한 얼굴로 수정을 빤히 바라보았다.

그리고.

'이게 뭐야.'

수정은 저도 모르게 몸을 떨었다. 중독성 있는 R&B의 리듬이 귀에 팍팍 꽂혔기 때문이었다. 음악을 모르는 사람이 들어도 좋다고 확신할 만한 노래다.

'이런 노래를……'

하지만 수정이 놀란 이유는 단지 그뿐만이 아니었다.

'말도 안 되는 얘기지만……'

놀랍도록 자신과 닮아 있어서였다.

아직 가사가 없는 노래임에도 불구하고 그 가사를 붙인다면 자신의 스토리가 될 것 같다고 느껴질 정도로.

멋모르고 연기에 도전했던 시절부터, 포기하지 않으려 발버둥 쳤던 순간들. 뒤늦게 포기하려 해도 그러지 못해 후회했던 순간들까지.

7년이란 시간을 통째로 쏟아부었던 나날들이 고스란히 느껴지는 멜로디.

"……."

수정은 차마 참지 못하고 눈물을 터뜨렸다.

그리고.

"……!"

영문을 모르는 상준은 그대로 얼어붙었다.

'내가 또 잘못했나……?'

*　　　　*　　　　*

─마이데이 이번에 신곡 나왔던데? 들어본 사람?

└아, 연이 겁나 깠던 그 그룹 맞지?

└ㅇㅇ맞음

└노래는 좋은데 잘 모르겠다

┗이거 상준이가 작곡한 거 아니야? 온탑 모여!!

┗모여써요

┗절대 스밍해

┗22222

─이 앨범 매달 시리즈로 나오는 건가요? 노래 좋은데?

┗아무리 그래도 월요일이 뭐임……. 제목부터 듣기 싫자너…….

┗일단 가서 들어보삼 ㅇㅇ

┗아 확실히 잘 뽑히긴 했네

┗ㅇㅇ 노래에서 ASK 느낌 남

┗ASK보단 어릿광대 느낌 같기도? 탑보이즈 신곡 나온 기분

마이데이 프로젝트의 첫 번째 싱글앨범 'Monday'가 발매되자
반응은 제법 소소하게 올라왔다. 하지만, 에스크 사건과 상준의
정식 프로듀싱이라는 타이틀이 겹치면서 커뮤니티에서 반응이
뜨거웠던 것치고는 상당히 미약한 반응이었다.

그렇다고 해도 지난 앨범과는 비교도 안 될 성적이었지만.

Monday Monday
It's your first day
그냥 그렇게 살아가는 사람들과 넌 달라
그거 알아?
끝은 새로운 시작이래
시작하기에 더할 나위 없이 좋은 하루잖아

'노래는 좋은데.'

상준은 마이데이의 신곡이 울려 퍼지는 휴대전화를 덮었다.

"88위……."

첫날의 음원차트 순위였다.

아쉬움이 남지 않는다고 말할 수는 없었지만 차트 인을 하는 것 자체가 얼마나 어려운 일인지 알기에, 기분 좋은 시작이라고 볼 수 있었다.

실제로 마이데이 애들도 잔뜩 신이 났고.

[선배님]

[선배님!!]

[ㅓ린라ㅓ];나ㅓㄹ;나ㅏ럼나ㅣ런ㄹ 선ㅂ ㅐ님!!!!!]

[톡 좀 봐요ㅇㅇㅇㅇㅇㄴㄴㅇ]

[아 엿은 잘못 보낸 거예요!!]

상준은 정신없이 울려대는 휴대전화를 덮으며 생각에 잠겼다.

마이데이 프로젝트의 반응은 예상했다. 아직 초기일 뿐이니 크게 걱정하지도 않았고.

다만 아쉬웠던 건…….

'왜 이런 노래를 저한테 주려고 하시는지 모르겠지만, 저는 못 해요. 저는… 가수가 아니에요.'

울먹이면서 이어폰을 내려놓고선 중얼거렸던 여자. 노래를 불러보지 않겠냐는 상준의 제안에 단번에 고개를 저었었다.

'저 이제 미련 없어요. 노래도 연기도, 정말 관심 없어요.'

「메디컬로맨스페이퍼」의 3회 차 방송이 진행되는 순간까지도 수정에겐 달라지는 게 크게 없었다. 여전히 그녀의 연기는 대중의 관심을 받기엔 턱없이 부족한 수준이었고, 다른 조연급 배우들이 조명을 받는 와중에도 그녀는 아니었다.

"아쉽다."

꼭 이 노래를 불러주길 바랐는데.

개인적인 욕심일지라도 그 목소리를 노래로 마주하고 싶었다.

상준은 안타까운 심정으로 USB를 다시 내려놓았다.

'누굴 줘야 할까.'

이대로 묻어두기엔 아까운데 다른 이에게 주기엔 턱없이 어울리지 않는 곡이다. 복잡한 심정으로 USB를 주머니에 넣고 일어서던 그때.

"안녕하세요."

상준은 작업실을 찾아온 낯설지 않은 얼굴에 두 눈을 끔뻑였다.

뒤에 선 송준희 매니저가 의아한 표정으로 상준에게 말을 던졌다.

"너 찾는다고 한참을 앞에서 기다리길래."

그렇게 단호하게 포기할 때는 언제고.

대체 왜…….

"해보고 싶어서요."

수정은 떨리는 입술로 말문을 열었다.

모든 걸 다 내려놓기 전에 딱 한 번이라도 다시 도전해 보기 위해서.

그런 수정을 따라 포기하고 있었던 상준의 얼굴에도 화색이 돌았다.

"그래요?"

"지, 진짜. 저 불러도 돼요?"

상준은 고개를 끄덕이며 수정을 안쪽으로 들였다. 별다른 말 대신 의자를 내주는 상준에 수정은 의아한 얼굴이 되었지만, 상준은 가만히 웃고 있을 뿐이었다.

괜히 이것저것 묻고 싶지는 않아서였다. 그렇게 단호하게 거절을 했음에도 마음이 바뀐 이유가 있었겠거니 했을 뿐.

"근데 저는 아무리 생각해도……. 왜 저한테 이런 제안을 주셨는지 모르겠어서. 저는 정말 전문 가수도 아니고……."

이건 수정에게도 기회지만, 상준에게도 기회였다.

횡설수설하며 말을 늘어놓는 수정을 향해, 상준은 몸을 돌려 앉으며 바로 본론으로 들어갔다.

"노래 진짜 처음 불러요?"

"제대로 부르는 건……."

의자에 어정쩡하게 앉은 수정은 난색을 표했다. 상준은 턱을 쓸어내리며 장비를 체크했다. 대충 이야기를 들어보니 노래를 전문적으로 배운 적은 정말 없었던 모양이다. 상준은 최대한 조심스럽게 말을 이었다.

"너무 겁먹으지 않으셔도 돼요. 제가 지금 당장 녹음하는 거 아니니까."

"아, 네."

이런 곳에 처음 와봤다는 듯 사방을 둘러보는 수정.

상준은 그녀에게 마이크를 건넸다.

녹음실에서 전문적으로 쓰는 마이크가 아니라, 어디서든 흔히 볼 법한 노래방 마이크. 괜한 부담을 덜어주기 위한 상준의 배려였다.

"좋아하는 노래 한번 불러볼 수 있어요?"

"어……."

수정은 긴장한 기색으로 침을 삼키며 고개를 끄덕였다.

"어릿광대의 죽음이요."

의외의 선곡이다. 타이틀곡도 아닌 수록곡을 읊을 줄은 몰랐 던 상준은 놀란 눈으로 수정을 돌아보았다. 그녀는 머쓱한 미소 를 지으며 덧붙였다.

"힘들 때 많이 들었거든요."

"반주해 드릴게요."

MR를 찾는 데 오래 걸리니 차라리 이쪽이 더 편하다.

상준은 미소를 지으며 키보드 위에 손을 얹었다.

「악기의 마에스트로」.

상준의 손이 부드럽게 키보드 위로 미끄러지자, 마이크를 쥔 수정의 손이 떨리기 시작했다.

다른 사람 앞에서 처음으로 부르는 노래.

매력적인 수정의 보컬이 작업실 내로 울려 퍼지기 시작했다.

어둠뿐인 숲속을 지나
도망쳐 온 이곳
검은 눈동자 속에

나는 여전히 파묻혀 있어

노래와 너무도 잘 어울리는 수정의 보컬. 키보드로 코드를 짚던 상준은 놀란 눈으로 고개를 들었다.

'뭐야.'

잘한다. 노래가 처음이라던 말이 믿기지 않을 정도로 잘한다.

'왜 연기를 한 거야?'

상준이 대학 동창이었다면 연극부가 아닌 밴드부에 끌어들였을 터였다. 그만큼이나 매력적인 수정의 목소리가 노래에 자연스럽게 힘을 실었다.

나는 버려져도 아무렇지 않아
모두가 나를 외면해도
It will be alright
나는 이제 숨어버릴래

듣는 사람을 한 번씩 돌아보게 만들 흡입력 있는 노래.

상준은 반주를 치다 말고 멍하니 수정을 돌아보았다.

처음 부르는 노래에 심취해 몇 마디를 더 이어나가던 수정은 반주가 사라진 걸 깨닫고 놀란 눈으로 얼어붙었다.

"어……. 죄송해요."

무슨 실수라도 한 걸까.

두 눈을 끔뻑이며 자신을 바라보는 수정이다.

상준은 고개를 저으며 담담하게 말했다.

"아뇨. 그게 아니라⋯⋯."

노래가 너무 좋아서요.

상준은 미소를 지으며 자리에서 천천히 일어났다.

"네⋯⋯? 제가요? 아니, 저는 진짜로 잘 못하는⋯⋯."

상준의 말에 놀란 나머지 또다시 손사래를 치는 수정. 상준은 그런 그녀를 내려다보며 종이 한 장을 내밀었다.

노래 실력은 확인했다.

상준이 그리던 그림에 정확히 맞는 보컬이라는 것도.

그러니⋯⋯.

"가사 한번 써볼 수 있어요?"

본인의 이야기로.

*   *   *

조금은 가까이 하지만 먼 곳에
흐릿한 빛이 있었어
하루를 시작하는 모두의 설렘에도
난 한 발짝 멀리에 있었으니

수정이 진심을 담아 한 줄씩 적어 내려간 가사들.

상준은 마른 입술로 수정의 노래를 들었다.

"좋다."

수정이 쓰고 싶었던 이야기가 바로 이거였을까.

상준은 복잡미묘한 심경으로 수정을 빤히 바라보았다.

수없이 매여 살았어
내가 선택한 건 아무것도 없었어

강제로 계약에 묶여 늘어나는 빚더미를 바라봐야만 했던 답답한 마음. 작품을 선택하는 것부터 맡게 될 배역까지 스스로 정하지도 못했던 무명의 시절들.

'이게 배우가 맞을까?'

고단했던 연극부의 시절이 그리울 만큼 힘들었던 시간들이었다.
수정은 자신을 배우로 생각하지 않았다.
'해야 하니까.'
습관 같았다.
마치 습관처럼 월요일에 일어나는 사람들처럼.
이유도 목적도 없이 뻗어야 했던 걸음들.
그걸 노력이라고 포장해 왔을 뿐, 노력의 방향부터 잘못되었던 것이었다.
계약을 끝내기 위해, 돈을 벌기 위해.
수정은 기계적으로 찍어낸 듯한 어색한 연기를 이어갔다.

Monday Monday
It's my last day
그냥 그렇게 살아가는 사람들처럼

난 그냥 그렇게
남들처럼 노력만 했어

그 과정에서 세상은 수정을 배신했다.

'왜 나를 몰라줄까.'

이렇게 열심히 노력하는데.
누구나 한 번쯤은 느껴봤을 감정.
누구보다 열심히 달려왔지만 나를 제외한 모든 사람들이 앞서
가고 있다고 느껴질 때.
그때 수정이 느꼈던 바를 절실하게 담아낸 가사였다.

'왜 전 안 될까요.'

연기에 혼을 쏟았고, 뒤늦게나마 드라마판에 뛰어들었다.
그런 수정이 수없이 하고 싶었던 이야기였다.

느낄 수 없어
닿지 못할 희망이란 건
이제 남은 건
마지막 기회뿐이야

월요일의 이면은 익숙함이었다.

익숙함에 속아 지난 한 주간 놓쳐왔던 것들을 다시 원점으로 만들어 버리는 날.

이제는 그것들을 다시 주워 담아야 할 시간이었다.

마지막 기회를, 과연 잡을 수 있을까.

"저, 괜찮았나요?"

녹음실 안에서 수정의 목소리가 애타게 울려 퍼졌다.

*　　　　*　　　　*

마이데이의 'Monday'가 발매된 지 2주 후.

사실상 불가능한 수준의 속도로 수정의 싱글앨범이 준비되었다.

「메디컬로맨스페이퍼」 촬영과 음원 작업을 병행하느라 쓰러질 것 같았던 건 수정도 마찬가지였지만, 진짜 죽어나고 있는 사람은 바로 상준이었다.

"상준아……?"

선우는 놀란 눈으로 상준에게 말을 던졌다.

촬영이 끝나면 작업실, 수업이 끝나면 작업실. 라디오 일정이나 화보 촬영이 끝난 후에도 작업실.

살인적인 스케줄을 꼬박 일주일을 수행한 결과, 상준은 반쯤 죽어 있는 상태였다. 멀리서 보면 좀비랑 헷갈릴 수준이었다.

"형, 살아 있지?"

걱정되었던 제현이 상준의 머리를 툭툭 두드렸다.

"…뭐 하냐."

"원래 이렇게 확인하는 거랬어."

대체 언제부터.

상준이 기가 찬다는 눈빛으로 대답 대신 끔뻑이자, 제현이 쓸데없는 말을 더했다.

"수박도 두드려서 확인하잖아, 싱싱한지. 형 머리가 싱싱한 건지 확인해 봤는데, 소리는 나는 거 같아."

"……."

"살아는 있다?"

"어, 그런 거 같아."

자신을 두고 해맑게 논평하는 제현과 도영.

"내가 수박이냐?"

"형도 안이 비어 있긴 하잖아."

"…그으래."

하마터면 혈압이 오를 뻔했다. 가만히 누워 있는 사람을 이렇게 벌떡 일어나게 만들다니. 상준은 머리를 짚으며 깊은 한숨을 내쉬었다.

"그렇게 심각해 보여?"

"오죽하면 실장님이 형 강제로 눕히라고 우리 불렀잖아."

사실 탑보이즈 자체 스케줄은 잠시 공백기인 시점이었다.

하지만, 드라마 촬영과 음반 작업, 안무 수업까지 병행하는 상황에서 상준이 쉴 수 있을 리가 없었다.

"아, 오늘 끝나면 나도 뻗을 거야."

상준은 손사래를 치며 곡소리를 냈다.

하도 앉아만 있었더니 뼈마디가 비명을 질러댄다.

"아아악."

"왜 그래? 형, 급기야 뼈가 굳은 거야?"

"이제현, 형 아직 죽을 때 안 됐다."

이제는 초상집 분위기까지.

상준은 어이가 없다는 듯이 웃음을 흘렸다.

걱정해 주는 건 좋은데 취급 주의 유리 물품으로 대할 필요는 없지 않을까.

"형이 그래도 아직은 어리거든."

"나보다 다섯 살 많잖아."

"야, 이제현 입 막아. 상준이 형 혈압 오른다."

망할.

제현이 순수하게 나불대는 말에 유찬이 다급히 주의를 주었다.

그래 봤자 이미 혈압은 오를 대로 오른 상태였지만.

"흐으음."

제현은 턱을 괸 채 말을 더했다.

"형, 괜찮아."

상준을 기겁하게 만들 만한 묵직한 한마디.

"양지 바른 곳 알아놨으니 너무 걱정하지 마… 아악!"

저 자식이?

"이리 와. 삐걱거리는 뼈로 맞으면 아픈지 안 아픈지 한번 경험해 보자고."

"아아악! 매니저 형!"

빛보다 빠르게 도망가는 막내를 보며 숨이 넘어갈 듯 웃어대는 도영이다. 삐걱거리는 뼈로 마저 응징해 줘야겠다는 다짐을 마쳤던 상준이지만…….

"쟤……. 왜 저렇게 빨라……."

"아, 상준이 형 절대 못 따라가죠? 능력 부족이죠? 악, 나는 왜 때리는데!"

"차도영, 픽도 좋은 것만 알려줬지? 허억… 헉. 니들 다 죽었어."

해맑은 막내를 다 더렵혀 놓은 장본인이다. 분명 뒤에서 시켰을 것이 틀림없었다. 상준은 까불거리는 도영의 목덜미를 잡고선 질질 끌고 왔다.

"하, 힘들어."

그 와중에 신나게 버둥대는 도영을 가볍게 처리하고.

"…꾸엑."

다시 시계에 시선을 집중하는 상준이다.

JS의 마케팅 팀은 최선의 준비를 마친 상태고, 이제는 주사위가 던져질 순간만 남았다.

5시 59분.

오늘은 수정의 인생 첫 싱글앨범 'Reverse'가 발표되는 날이니까.

상준은 침을 삼키며 휴대전화를 떨리는 손으로 쥐었다.

그리고.

"…떴다!"

작은 조약돌 하나가 가요계에 큰 파동을 불러왔다.

*　　　　*　　　　*

「마이데이의 'Monday'와 수정의 'Reverse'의 놀라운 평행 이론. 나 상준의 미친 프로듀싱 실력 공개.

마이데이는 지난 8일 마이데이 프로젝트의 첫 번째 싱글 'Monday'를 공개했다. 대중들에게 잊히지 않는 친근한 가수가 되겠다는 타이틀로 시작된 마이데이 프로젝트는 메로나 뮤직 차트 인으로 기분 좋은 시작을 알렸다.

여기에 연기파 조연 배우 수정이 'Reverse' 앨범을 공개하면서 화제를 몰고 있다. 마이데이 프로젝트 첫 앨범이 나온 후 2주. 새롭게 공개된 'Reverse' 신곡은 탑보이즈의 나상준이 작곡한 것으로 알려져 있다.

전혀 다른 곡의 스타일에도 불구하고 두 개의 곡은 상당히 맞닿아 있다. 마이데이의 'Monday'가 희망찬 월요일의 시작을 알렸다면, 수정의 'Reverse'는 심도 깊은 목소리로 월요일의 이면을 소개하고 있다.

마이데이 프로젝트 자체로도 새로운 도전인데, 또 다른 도전을 과감하게 시작한 나상준의 행보에 음악 평론가들 사이에서도 의견이 갈리고 있다.

새로운 혁신일까, 무모한 도전일까?

나상준이 처음으로 프로듀싱하는 이번 두 앨범이 어떤 성과를 거둘지 대중들의 관심이 모아지고 있다.」

—이게 뭐야? 진짜 개소름이다;; 이 정도면 진짜 작정하고 만든 거 같은데. 나는 아이돌이 아니라 뮤지션이다. 보여주겠다. 이런 느낌?

└아이돌도 뮤지션이거든요?

└그렇게 안 보는 사람들이 더 많긴 하지?

└2222

└이거 같음

└진짜 탑보이즈 앨범 때와는 또 다른 느낌이 있음. 보란 듯이 만든 느낌? 월요일 자체로도 소름이었는데 신곡 들어봄? 이건 미친 거 같은데?

—아예 다른 가수들 두 앨범을 이렇게 이어지게 만든다고? 마이

데이는 그렇다 쳐도 수정이라는 사람은 누구임?

ㄴ상준이랑 메로페 같이 찍는 배우요

ㄴ근데 존재감 없음

ㄴ그래 봤자 듣보잡 가수 끌어와서 마케팅하는 거 아니냐? 마이데이가 메인이고 떨이 하나 얹는 느낌으로 ㅇㅇ

ㄴ말념심이네 ㅋㅋㅋㅋㅋ

—다들 일단 까고 보지 마시고 노래 듣고 오시라니까?

ㄴ??????와 이거 뭐지?

ㄴ신나게 댓 남기려다가 1분 미리 듣기 하고 있었는데 저도 모르게 플레이리스트에 담아버림

ㄴ노래……. 잘하는데?

ㄴ메로페 봤는데 연기보다 노래를 더 잘하네 ㅋㅋㅋㅋ

ㄴ이 실력을 왜 숨겼지?

ㄴ근데 노래 진짜 미친 거 같음. 마이데이 월요일이랑 수정 리버스 같이 들어보삼

다음 날, 커뮤니티는 한바탕 난리가 났다.

상준이 무모한 도전을 던졌다는 사실에 신이 난 기자들 때문이었다.

'놀랐겠지.'

수정의 'Reverse'가 'Monday'의 이면이라는 사실은, 오픈 직전까지 그 어디에도 알리질 않았다. 티저가 공개된 것도 아니고 따로 뮤직비디오가 제작된 것도 아니다.

당연했다. 수정은 JS 엔터의 아티스트가 아니니까.

'마이데이한테도 좋을 거예요. 자신해요.'

'그래도 이건……'

조승현 실장조차 처음에는 단호하게 고개를 저었다.

괜히 자칫하다가는 마이데이에게 역풍이 갈 수도 있는 문제였으니까. 유명하고 인지도 있는 가수라면 모르겠지만 이름도 모를 수준의 무명 배우와의 협업을 진행할 필요가 없었다.

'한 번만 믿어주세요.'

상준이 그 말을 하지 않았더라면.

'제가 처음으로 만들어보고 싶어졌어요. 반드시 성공시킬게요, 반드시.'

다른 사람이라면 몰라도 상준의 말이었다.

그동안 손을 댄 모든 앨범마다 족족 성공의 반열에 올려놓은, 누구보다 무서운 재능의 아이.

상준의 감을 믿은 조승현 실장은 힘겹게 허락해 주었다.

그 결과, 이 앨범이 빛을 보았고.

느낄 수 없어
닿지 못할 희망이란 건

이제 남은 건
마지막 기회뿐이야

'Reverse'가 고통스러운 내면을 담아냈다면.

느껴지니
희망이라는 작은 노래가
이제 남은 건
너와 나, 그리고 이 노래야

'Monday'는 속삭이듯 희망을 건네주는 노래였다.
전혀 다른 스타일의 음악으로 대중에게 다가서게 될 두 노래지만……,
상준은 확신했다.
빛이 있는 자리에 어둠이 있듯이.
대중들은 둘의 목소리에 함께 귀를 기울일 거라고.

Monday Monday
It's my last day
그냥 그렇게 살아가는 사람들처럼
난 그냥 그렇게
남들처럼 노력만 했어

상준은 깊이 있는 수정의 노래를 들으며 눈을 감았다.
수정의 절절한 스토리에 가슴이 미어올 때쯤엔, 시은이 밝게 속삭이는 목소리에 정신이 깬다.

그거 알아?
끝은 새로운 시작이래
시작하기에 더할 나위 없이 좋은 하루잖아

하나의 노래를 들으면 다음 노래가 듣고 싶어지는 미묘한 기분.
두 노래는 서로를 채우며 비로소 빛나고 있었다.
그리고 그 기분은.
비단 상준만이 느낀 것이 아니었다.
"상준아, 상준아!"
작업실 문을 벌컥 열고 들어온 선우가 그답지 않게 호들갑을
떨었다.
"왜?"
"난리 났어, 지금!"
"어… 어?"
"빨리 와서 확인해 봐. 차트! 차트!"
뭔가 일어났다.
상준은 벌떡 일어나서 선우를 따라나섰다.

'마이데이한테도 좋을 거예요. 자신해요.'

조승현 실장에게 확신하듯 저질러 놓긴 했지만.
"헉."

메로나 뮤직의 음원차트에 접속한 상준은 메인 페이지를 확인하고선 덜컥 숨을 멈췄다.

"대박이다아아!"

"소리 질러어!"

"이야, 미쳤다. 크으, 역시 우리 나상준 작곡가님!"

"작! 곡! 가! 님!"

1. Monday—마이데이
2. Reverse—수정

두 노래가 나란히 1, 2위를 차지하고 있었으니까.

*　　　　*　　　　*

누가 그랬다.

음악은 타이밍이라고.

모든 음악이 뜨기 위해서는.

실력과 노력과, 마지막으로 운이 따라야 한다고.

하지만 상준은 그 운의 영역, 그러니 타이밍마저도 계산했던 것이었다.

두 노래가 타이밍 맞게 이뤄낼 완벽한 시너지의 영역까지.

「Monday」와 「Reverse」가 연이어 성공을 터뜨리고 나선, 조승현 실장은 상준에 대한 이해를 포기했다.

'너는…… 진짜 좋은 쪽으로 미친 놈이야.'

'왜 그러세요?'

'모르는 척 그렇게 물으니까 더 무섭다. 그러지 마라, 상준아.'

'…네?'

조승현 실장은 YH 엔터에서 상준을 끌고 들어온 걸 두고두고 감사해했다. 아마 자신의 일생에서 한 일 중 가장 운이 좋은 일이었다고도 중얼거렸다. 상준은 그저 머리를 긁적이며 웃어 보였을 뿐이지만 말이다.

"자자, 오늘도 기분 좋게 촬영 시작합시다!"

"와아아아아!"

메로페의 시청률은 줄곧 고공 행진이었다.

5회 차 만에 가뿐히 15프로를 기록했다. 이대로라면 20프로대 돌파도 어렵지 않아 보였다.

케이블 드라마의 역대 시청률 순위를 갈아 치울 강자라는 평가를 곳곳에서 받고 있었다.

그리고 그 역할에는 「Reverse」도 한몫했다.

드라마의 분위기에 잘 맞는 수정의 보이스를 드라마 ost로 쓰고 싶다는 제안 끝에 드라마 수록곡으로도 실리게 되었고, 메로페 뮤직비디오는 이미 200만 뷰를 뛰어넘었다.

"오케이, 컷! 이야, 연기 너무 잘하는데?"

그 영향은 촬영장에서도 고스란히 드러났다.

수정은 더 이상 기죽지 않았다.

돈에 급급해서, 계약에 얽매어서 연기를 하는 게 아니라. 연기를 처음 하던 시절의 여유로움을 찾았기 때문이었다.

괜히 배역이 되기 위해서 스스로를 끼워 넣으려 하지 않았다.

페르소나. 자신의 안에서 배역을 끌어내는 것.

수정은 자신의 매력적인 목소리로 배역을 밖으로 끌어냈다.

"오늘 좀 괜찮았어요?"

한 컷을 마치고 온 수정이 조심스레 묻는 말에 상준은 대답 대신 엄지손가락을 치켜들었다. 이전에 수정이 보여준 연기가 심사위원 앞에서 보여줄 법한 각이 진 연기였다면, 이번에는 달랐다.

"원래 그 사람이었던 것처럼, 자연스럽던데요."

상준은 수정을 보며 흐릿하게 웃어 보였다.

*   *   *

"모여, 모여."

"유찬이 형, 나 팝콘 좀."

"어엉. 너 많이 먹어라."

"아악! 던지면 어떡해!"

분주한 탑보이즈의 숙소.

정신없이 투닥거리며 소파 앞에 모인 멤버들은 벌써부터 호들갑이었다.

「메디컬로맨스페이퍼」의 6회 방영일.

갈수록 재밌어지는 이야기는 매주 커뮤니티를 달구고 있었다.

상준은 TV 화면이 나오도록 셀카를 찍어 보이고선 팬카페에 올렸다.

—오늘도 메로페 보러 오세요~

ㄴ꺄아아아아ㅏ앙아

ㄴ우리 집이 정전 나도 보러 갈게!!!

ㄴ미쳤다 학원이 안 끝난다. 학원 부수고 갈게 ㅎㅎㅎ 10분 늦을 거야 ㅎㅎㅎ

ㄴㅋㅋㅋㅋㅋㅋㅋㅋㅋ단체 텐션 봐

줄줄이 쏟아지는 댓글 알람에 상준은 흡족한 미소를 지었다.

학원을 부숴 버리겠다는 살벌한 댓글에는 충고의 한마디도 더해줬다.

—ㅎㅎ 그래도 기물 파손은 안 돼요~

ㄴ와 미친 답글 달아줬어

ㄴㅁㅊㅁㅊㅁㅊ

ㄴㄲ야아ㅏ아아아아 적당히 부수고 올게요!!!!

ㄴ적당히 부숴 버린대 ㅋㅋㅋ 돌았나 봐 다들

잔뜩 흥분한 건 멤버들도 마찬가지였다.

"시작한다, 와아."

"미친, 차도영. 은근슬쩍 혼자 다 처먹네."

"말 좀 곱게 써라. 멤버들끼리."

"혼자 다 처드시네요. 야, 안 내놔?"

선우의 중재에도 허구한 날 싸우고 있는 도영과 유찬.

하지만, 그것도 드라마가 시작하자 일제히 멈춰 버렸다.

"와."

6회 차에선 드라마 내내 떡밥만 뿌리던 석우의 제안의 이유가 밝혀졌다.

—내 작품으로, 너를 도와줄게. 너 아직 찬이라는 그 남자, 좋아하잖아.

—그 대신 너는 나를 도와주면 돼. 내 차기작, 마침 자료 조사가 필요했거든.

로맨스 소설이 아닌 의학 소설을 쓰고 싶다며 도와달라고 했던, 겉으로 보기에는 상당히 순수해 보였던 제안.

그 제안 덕에 채아는 석우와 조금씩 가까워졌고 찬에게서 받은 상처들을 점차 잊어갔다.

서로의 상처를 보듬어줄 수 있었던 시간들.

그러나, 채아는 결국 석우의 숨겨진 의도를 알게 된다.

—이게 뭐야?

석우의 작업실에서 우연히 한 작품의 콘티를 찾게 되는 채아.

"저게 뭐야, 미친."

"상준이 형 스포 좀 해봐."

"나는 뚱이인데요."

"아니, 그런 거 말고!"

묵직한 BGM이 깔리고 채아 역을 맡은 윤서가 놀라운 연기력으로 화면을 휘어잡는다. 채아는 석우가 굳게 숨겨두었던 콘티 속 내용을 확인하게 된다.

—대체…….

한 남녀의 이별 이야기.
콘티 속 내용은 어느 날 갑자기 자신을 떠나 버리는 한 연인의 이야기를 담고 있었다. 그리고, 그 여자의 앞에 낯설지 않은 동창이 찾아온다.

—오랜만이네.

익숙한 대사와 익숙한 장면. 모든 진실을 알게 된 채아는 지끈거리는 머리를 부여잡고 쓰러진다.
"이렇게 된 거였어?"
"와, 형 쓰레기네."
"…왜 나한테 그래."
잔뜩 흥분한 채로 팝콘을 씹어 먹던 제현은 급기야 자신의 손가락을 먹고 있었다. 그걸 옆에서 직관한 선우가 기겁하며 제현의 손등을 때렸다.
"지지야, 지지."
"히익."
"맛있어?"

"짭짤하길래 베이컨 팝콘인 줄 알았어."

"…미친놈아."

상당한 반전이 담겨 있었던 6회.

예상했던 대로 팬카페와 각종 커뮤니티는 난리가 났다.

―아니, 그래서 누가 나쁜 놈인데?

└너

└ㅎㅎ 죽을래?

└와 근데 진짜 이번 주 반전 미쳤던데?? 이은영이 이번에 돌아
서 쓴 게 틀림없음

└석우가 그러면 어떻게 한 거야? 처음부터 계획적으로 채아한
테 접근한 거야?

└ㅇㅇ 맞는 듯 좋아해서 접근한 거 같음 일부러 찬이랑 채아
헤어지게 만들고

└근데 진짜 반전이네;;

└더 이유가 있지 않을까? 찬이 나쁜 애라서?

└우리 하운이는 귀엽기 때문에 나쁜 애일 리가 없어요!!!

└그럼 상준이가 뭐가 돼 ㅋㅋㅋㅋ

└의문의 1패……. 울먹

실시간으로 달리는 댓글들을 정신없이 확인하던 상준은 진동
에 몸을 떨었다.

"어?"

휴대전화 화면에 의외의 이름이 떠 있었기 때문이었다.

수정이었다.

"무슨 일이지?"

곡 작업이 끝난 이후로 수정이 개인적으로 연락을 걸어온 적은 없었다. 워낙 낯을 가리는 성격이라서 더욱 그랬다.

상준은 의아한 낯빛으로 휴대전화를 들었다.

"여보세요?"

─저……. 그게…….

수화기 건너편의 목소리가 덜덜 떨리고 있었다.

상준은 걱정스러운 얼굴로 휴대전화를 고쳐 들었다.

"무슨 일이라도 있어요? 왜 그래요?"

─무슨 일이 있는 건 아니……. 사실 맞는데. 저…….

잠시 망설이던 수정의 목소리가 한층 높아졌다.

그제야 상준은 직감했다.

상기된 떨림.

분명 기분 좋은 소식을 들었을 게 틀림없다고.

─저 기회를 잡은 거 같아요.

"기회요……?"

상준은 놀란 눈을 끔뻑였다.

*   *   *

「메디컬로맨스페이퍼」 촬영 날.

"씬 23 시작할게요!"

탁.

슬레이트 소리와 함께 상준은 다시 최석우를 끌어냈다.

6회 차에서 시청자들에게 반전을 선보였다면, 이번 회차에선 그 이유를 다시 주워 담는 화라고 볼 수 있었다.

석우가 자신을 이별하게 만들었다는 사실을 알게 된 채아는 매몰차게 그를 떠나 버리고, 남겨진 석우가 과거를 회상하는 씬이었다.

"안녕하세요. 사연 말씀해 주세요. 난이도에 따라 금액은 상향 조정 될 수 있습니다."

상준은 눈앞의 수정을 물끄러미 바라보았다.

찬을 좋아했고 집착했던 그녀였다.

예전보다 훨씬 더 자연스러워진 수정의 연기가 흘러나왔다.

"그 사람에게 다른 여자가 있다는 사실을 알았어요."

"그랬군요."

"헤어지게 만들어 주세요."

"……."

상준은 천천히 고개를 끄덕였다.

"그 정도는 크게 어렵지 않습니다. 뭐, 해당 동기나 기폭제만 살짝 얹어줘도 대상자들은 크게 이상함을 못 느끼거든요."

처음부터 그랬다. 유명한 로맨스 작가라는 허울만 있었을 뿐, 석우의 본업은 따로 있었다. 소설로 쓰면 현실이 되는 능력. 자신의 능력을 돈벌이에 사용하고 있었던 것.

수정의 제안을 받아들인 것도 단지 그 이유 때문이었다.

"관련 자료를 전달해 주시면 좀 더 구체화해서 써보겠습니다. 나이라든가, 외모라든가. 기본적인 건 많을수록 정확해지거든요."

"여기요."

하지만, 그녀가 건네는 사진을 받아 든 석우는 눈살을 찌푸렸다.

사진 속에서 발견한 익숙한 얼굴.

채아와 찬을 확인한 석우는 크게 흔들릴 수밖에 없었다.

자신의 친구였던 찬이기에 채아를 포기할 수밖에 없었는데……

'바람을 피운 거였어?'

눈앞의 이 여자의 말이 사실이라면 그랬다.

"고통스럽게 헤어지게 해주세요. 이게 제 의뢰예요."

"저… 저기……"

한마디만을 남기고 싸늘하게 자리를 떠버리는 수정.

상준은 두 눈을 질끈 감으며 손에 쥐고 있던 볼펜을 떨궜다.

"하아."

이번에는 의뢰를 지킬 수 없었다.

어차피 밝혀질 수밖에 없는 사실이라면……

'상처받지 않았으면.'

상준은 떨리는 손으로 다시 볼펜을 쥐었다.

"컷! 오케이!"

"다들 수고하셨습니다!"

무더운 날씨에 손 부채질을 하며 상준은 촬영장 밖으로 나왔다.

수정도 땀을 흘리면서도 밝게 상기된 얼굴이었다.

상준은 기분 좋게 웃으며 그런 수정에게 다가섰다.

"어떻게 된 거예요?"

"아! 그게 어떻게 된 거냐면요."

상준에게 다급히 전화 온 내용은 다름 아닌 수정의 새 스케줄이었다.

"제 목소리가 특별하다고 제의가 들어온 거예요."

"애니메이션 더빙?"

"네. 진짜 믿기지 않아서 저도 모르게……"

늦은 시간에 전화를 해서 죄송하다며 수정은 멋쩍게 웃었다. 추위 때문인지 수정의 두 볼이 빨갛게 물들어 있었다.

애니메이션 더빙.

수정에게 해당 소식을 들었을 때 누구보다 뛸 듯이 기뻐했던 상준이었다.

'정말 어울리네.'

처음 수정의 목소리를 들었을 때 상준도 같은 생각을 했었다. 성우를 하면 어울릴 것 같다는 생각.

수정은 표정 연기보다도 목소리 연기에 소질이 있었다.

개인적으로는 가수도 해보라며 권유하고 싶었지만, 수정은 사실 연기를 더 좋아했다. 그런 그녀에게는 가장 적합한 분야가 아니었을까.

"축하해요. 잘하실 거 같아요."

상준은 흐뭇한 미소를 지으며 수정을 바라보았다.

수정은 떨리는 목소리로 말을 이었다. 평상시 낯을 가리던 성격은 어디로 가고 다분히 흥분한 얼굴이었다.

"너무 감사해요. 리버스 듣고 연락 주셨다고 하더라고요. 저한테는 정말 과분한 자리라는 것도 알아요. 그래도 너무 신기해서……. 한번 잡아보려고요, 이 기회."

무려 애니메이션의 주연 배역이다.

설렘 가득한 목소리로 말을 쏟아내는 수정을 보며 상준은 괜스레 기분이 좋아졌다.

"과분하지 않아요. 제대로 한번 해봐요."

수정은 격하게 고개를 끄덕이며 상준을 바라보았다.

"상준 씨도 잘하실 거 같아요."

"아, 제가요?"

애니메이션 쪽은 아예 아는 바가 없다.

상준은 너털웃음을 터뜨리며 고개를 저었다. 드라마 연기만으로도 버거운데 목소리로 관객을 휘어잡는 건 한층 어렵게 느껴져서였다.

수정은 미소를 지으며 악수를 내밀었다.

"얘기 들었는데 같이 잘해봐요."

"잘……. 네? 같이요? 뭐를……?"

별생각 없이 고개를 끄덕이던 상준은 기겁하며 되물었다.

「메디컬로맨스페이퍼」 얘기는 아닐 테고…….

'왜 느낌이 싸하지?'

상준은 등줄기가 오싹해지는 걸 느끼고 고개를 돌렸다.

"매니저님……?"

"어, 무슨 일…….."

후다닥.

해맑게 걸어오던 송준희 매니저는 상준의 표정을 확인하고선 곧바로 발걸음을 돌렸다.

"저기요? 매니저님!"

제3장

빌보드

띠링―.

"후우."

상준은 창백한 얼굴로 휴대전화를 손에 쥐었다.

아린이었다.

[애니메이션 출연 진짜예요??? 더빙하세요? 기사 떴던데]

[…살려주세요]

[잘하실 거 같은데……!!]

[저 죽어요 좋은 곳에 묻어주세요 ㅂㅂ]

[선배님????]

'그럼 딴 넌이에요?'

'……!'

지난번 그 일 이후로 한동안 어색하긴 했지만, 막상 얼굴을 맞대고 있지 않으니 여느 때처럼 편해졌다.

상준은 억울한 현 상황을 실시간으로 아린에게 전달했다.

[매니저님이 저한테 사기 침]

[???]

[여기 오지 마세여 악덕 기업 JS 탈출 ㄱㄱ 착취당하는 중]

[뭔 일이세요!!]

[강제로 녹음실 끌려왔어요 곧 장기 털릴 거 같아요]

[???? 살아서 돌아오세요!!]

"아, 진짜 너무한 거 아세요?"

물론 입으로도 항의했지만.

송준희 매니저는 헛기침을 하며 상준의 눈치를 살피고 있었다.

"잘 어울릴 거 같아서."

마이데이 프로젝트도 아직 끝나지 않은 상태라 상준이 반대할 거라고 생각했었던 모양. 송준희 매니저는 흐뭇한 미소를 지으며 설득하기 바빴다.

"카메오기도 하고 그렇게 분량이 많지도 않으니까……."

"분량이 많지 않아서 이렇게 두툼한가요?"

"착시효과야, 상준아."

애니메이션 더빙.

흔치 않은 기회인 건 상준도 알고 있었다. 상준이 참여하기로 한 애니메이션의 정체를 알았을 때는 더더욱 그랬다.

「공장을 나온 암탉」.

유명 동화책을 베이스로 한 올해의 기대작이었다.

해외로 판권 수출까지 벌써 마친 작품이다 보니 상준도 기대감을 가지고 있었다. 물론 관객으로서. 절대 출연자로서는 아니었다.

"저 진짜 처음이란 말이에요……."

상준은 울상이 되어 머리를 헝클어뜨렸다. 하지만, 이제 와서 돌이킬 수 있는 건 아무것도 없었다.

"너무 긴장하지 말고. 원래 잘하잖아."

"하."

녹음실 부스 앞.

상준은 눈을 질끈 감으며 고개를 끄덕였다.

드라마가 표정으로 관객들을 사로잡는 입체적인 연기였다면, 더빙은 다른 느낌이었다. 목소리만으로 배역을 구체화시켜야 하는 작업.

이런 일에 가장 적합한 재능을 알고 있었다.

「위대한 언변술」과 「연기 천재의 명연」.

두 재능을 조합하여 새롭게 만들어냈던 재능.

「달변가의 명연」.

상준은 허공에서 책을 꺼내며 미소를 지었다.

*　　　　*　　　　*

"허억… 헉."

"뛰어왔어요?"

"아뇨, 그건 아니고."

상준은 수정을 보고 반갑게 인사하며 자리에 앉았다.

줄곧 밤을 새느라 피곤한 상태였지만 막상 녹음실 부스 안에 들어서니 머리가 다시 맑아진다.

"시작하겠습니다!"

난생처음 도전하는 애니메이션 더빙 연기.

두 눈을 반짝이는 수정을 따라 작업을 진행하던 상준은 곧 경악할 수밖에 없었다.

'어떻게 저런 연기를……'

드라마 촬영장에서 다소 어설픈 연기를 선보이던 수정은 어디에도 없었다. 카메라에 저 표정을 담아낼 수 없다는 것이 아쉬울 정도로, 수정의 연기는 완벽했다.

"나는 가끔 그런 꿈을 꿔. 저 틈 밖에는 어떤 세상이 기다리고 있을까? 궁금해해 본 적 없어?"

좁고 매캐한 공장 안에서 자유를 그리던 암탉.

수정은 해맑고 순수한 목소리로 그 미묘한 감정선을 그려 나갔다.

사람을 사로잡는 목소리.

상준은 수정의 연기에 압도되는 느낌을 받았다.

피디님의 싸인이 없었더라면 대사마저도 놓칠 뻔했던 순간.

하지만, 상준의 재능도 결코 밀리지 않았다.

상준은 밤새 연습했던 대본을 꺼내어 내려다보았다.

급하게 결정된 스케줄이었지만 연습을 허투루 했을 리 없었다.

세부적인 톤부터 강조해야 할 대사까지.

대본 한 페이지를 까맣게 채울 정도로 빼곡히 적혀 있는 상준의 글씨에 수정은 기겁했다.

'와, 하나도 못 알아보겠어.'

다른 의미로 기겁했다.

상준은 확실하고 간결하게 한마디 말을 뱉었다.

"글쎄. 단 한 번도 생각해 본 적 없어서."

수정이 호기심 많은 암탉을 연기하는 역할이라면, 상준은 그 반대였다. 지나치게 현실적인 말들을 토해내는 족제비 역할.

상준은 건조한 눈길로 서슴없이 말을 뱉어냈다.

"상식적으로 생각해 봐. 이룰 수 있는 거면 꿈이라고 부르지도 않지 않을까?"

노래라는 것이 목소리로 음표를 찍어내는 과정이었다면, 더빙은 목소리로 한 편의 이야기를 써 내려가는 과정처럼 느껴졌다.

전혀 다른 경험이었지만 새로웠다.

생각보다 훨씬 나쁘지 않았고.

"네가 지니고 있는 건 꿈이 아니라 망상이야."

"망상이라니, 말이 너무 심하잖아!"

"눈을 감아봐."

수정은 상준의 말을 따라 실제로도 눈을 감는 시늉을 해 보였다.

"깜깜하지?"

"어, 마치 깊은 밤 같아! 은하수가 저 멀리 있을 거 같은 기분이 들어!"

"…너의 미래야."

"어?"

영상으로 표현되는 배역에 스며든다는 이질적인 기분. 하지만, 그

이질적인 기분에 조금씩 스며들다 보니 자연스러운 연기가 이어졌다.

애드리브도 그중에 상당했다.

"진짜 잘하는데?"

"둘 다 처음 맞아?"

"그… 근데 대사가 원래 저렇게 현실적이었어요?"

상준의 배역이 카메오라 쳐도, 수정과 상준을 동시에 캐스팅하는 데는 부담이 따랐던 것도 사실이었다.

이 일을 처음 도전해 본다는 리스크도 있었지만.

'출연료도 비싸니까.'

제작 팀에서는 상준의 출연료를 부담스러워했다.

겨우 카메오로 부르기엔 다소 화제성이 높기도 했고.

하지만, 지금은 스튜디오의 그 누구도 후회하지 않았다.

'카메오의 존재감이 아닌데.'

아무래도 드라마에 익숙해서인지 둘 다 표정 연기를 병행하고 있었다. 무심한 눈길로 내뱉는 상준의 한마디 한마디에 제작진은 두 손을 모았다.

"와, 대박."

거기에 확 튀는 수정의 목소리까지.

"잘될 거 같은데?"

벌써부터 단언하긴 이른 상황이었지만, 그런 생각이 문득 들었다.

"치킨, 그래서 나갈 거야?"

"그렇게 부르지 마!"

친숙한 호칭으로 둘이 조금씩 가까워지는 과정.

막내 작가가 두 눈을 반짝이며 상준과 수정을 번갈아 보고 있을 무렵.

"그리고 지금 영하 15도야."

상준의 완벽한 딕션이 녹음실 부스 내로 꽂혔다.

"나가면 얼어 뒈져."

"……!"

아, 이건 아닌가.

"상준 씨, 어린애들이 보는 만화예요!"

"아아……!"

"아무리 그래도 그건 좀……."

상준은 두 눈을 끔뻑이며 원래 대사를 확인했다.

애드리브를 하는 게 습관이 되었는지 멋대로 대사를 해석한 모양.

"하하, 다시 갈게요!"

상준은 머쓱한 미소를 지으며 머리를 긁적였다.

*　　　　*　　　　*

「공장을 나온 암탉」이 애니메이션으로 정식 방영된 이후, 성적은 그야말로 대박이었다. 국내 애니메이션 영화라고 보기 놀라울 정도의 성적.

"200만을 찍었다고?"

저 얘기만 한 열 번째 들은 거 같다.

상준은 어색한 웃음을 흘리며 선우를 향해 고개를 끄덕였다.

선우답지 않게 잔뜩 흥분한 얼굴이었다.

"네 영화가 더 대박 났잖아."

"아니, 너는 애니메이션이잖아. 거의 이쯤 되면 미다스의 손 아니냐. 찍는 거마다 잘되는데."

"무슨 다스? 쿠크… 다스?"

"아니, 그거 말고."

크흠, 상준은 헛기침을 하며 손사래를 쳤다.

「공장을 나온 암탉」이 대박을 치면서 가장 인기를 모은 건 수정이었다. 소속사의 계약이 만료된 후 여기저기서 러브 콜이 왔지만, 수정이 선택한 건 JS 엔터.

'이제 한식구네.'

특이한 목소리로 주목을 받은 수정은 각종 애니메이션 제안이 쏟아졌다고 했다. 어쩌면 드라마보다 성우 쪽이 더 적성에 맞았는지도 몰랐다.

반면 상준은…….

'나가면 얼어 뒈져.'

"이게 왜 그대로 나온 건데……!"

─ㅋㅋㅋㅋㅋㅋㅋㅋㅋㅋㅋㅋㅋㅋㅋ진짜 현실주의 애니메이션 쩔었다.

└나가면 얼어 뒈져

└그러엄. 닭은 저 날씨에 나가면 안 돼욧

└꿈이 아니라 망상이라고 외치는 상준이 표정 보고 싶다 ㅎㅎ

└어림도 없지~

└진짜 저렇게 외칠 거 같은데

—내내 상준이 현실 멘트 찾느라 즐거웠다
└눈을 감아봐. 깜깜하지?
└ㅋㅋㅋㅋㅋㅋㅋ
└네 미래야!!!!
└치킨은 후라이드지
└양념이지!!!
└그냥 싸우지 말고 둘 다 먹어 ㄱㄱ
└다들 잔인하네 ㄷㄷㄷㄷㄷ

배역에 심취했을 뿐인데 현실주의 이미지가 굳어가고 있었다.
"아, 내 이미지."
"이미 신나게 동심 파괴 해놓고선."
"나는 되게 이상적인 사람이거든?"
"……."
"왜 그런 표정으로 바라봐?"
상준은 억울하다는 듯 멍하니 서 있는 선우를 향해 말을 뱉었다.
아니나 다를까. 팬들의 걱정 어린 선물이 속속들이 도착하고
있었다.
"이야, 이건 뭐야?"

[얼어 죽지 마세요!]

친절한 편지와 함께 쌓여서 온 거대한 목도리.
아무 생각 없이 목도리를 꺼내 들었던 상준은 엄청난 길이에

기겁했다.

"…내 키보다 큰데?"

차라리 목 베개였으면 더 좋았겠지만.

"와, 빨리 둘러봐."

"그… 그래."

선우의 성화에 졸지에 목도리를 집어 든 상준은 두 눈을 끔뻑였다.

둘러보래서 둘러봤는데…….

"아아악. 목 조르지 마!"

"이야, 근사하다."

"이러고 있으면 잠은 잘 오겠다."

"목도리가 이불이었어……?"

얼어 죽지 말라는 게 이런 의미였던 걸까.

'다른 의미로 죽을 거 같은데.'

상반신을 돌돌 말아버린 탓에 눈사람이 되어버린 상준이었다.

선우는 만족스러운 미소를 지으며 고개를 끄덕였다.

찰칵.

"뭐 하냐."

"도영이한테 보내게."

"…야!"

딴건 몰라도 그건 안 된다.

"그러면 팬카페?"

"그건 더 안 돼."

상준은 깊은 한숨을 내쉬며 고개를 저었다.

어차피 저렇게 말해도 해맑게 팬카페에 글을 올릴 선우니 그건 포기했다 쳐도, 지금 쌓인 일이 산더미였다.

"현실주의 족제비……."

망할.

"후우."

상준은 다급히 노트북을 꺼내 마이데이 프로젝트 파일을 올렸다.

'Reverse' 덕에 상승효과를 얻었던 월요일 앨범 때만큼은 아니지만, 세 달에 걸친 시간 동안 마이데이 프로젝트는 많은 사랑을 받았다.

적어도 대중에게 마이데이라는 이름을 각인시키기엔 충분했다는 소리였다. 그 자체로 상준의 몫을 다했다고 볼 수 있지만, 거기서 끝날 수는 없었다.

"…음방 1위."

'Monday'가 너무 강력한 팬덤과 겹치면서 음악방송 1위를 차지하지 못했지만, 그때보다 훨씬 팬덤이 불어난 지금이라면 해볼 만도 했다.

상준은 빠르게 트랙을 노려보았다.

쉴 새 없이 쏟아지는 스케줄 속에서도 매달 한 곡 이상을 뽑아내느라 버거울 지경이었지만, 시작을 했으니 끝을 봐야 했다.

마이데이 애들을 위해서라도, 그리고 자신을 위해서라도.

트로피를 꼭 손에 안겨주고 싶었다.

"금요일……."

남은 곡은 세 개.

탑보이즈의 차기 앨범을 들어가기 전에 빨리 남은 곡들을 마무리하는 편이 나았다.

'근데 왜 생각이 안 나지?'

아이디어가 고갈되기라도 한 걸까.

「21세기의 베토벤」.

저 재능이 무색하게도 쉽사리 멜로디가 떠오르질 않았다.

「공장을 나온 암탉」 더빙이 끝나고 나서도 계속 무리했기 때문인 걸까.

상준은 지끈거리는 머리를 부여잡고서 다시 마스터 키보드를 들었다. 머릿속을 부유하는 멜로디들을 억지로 짜내기 위해서였다.

"……."

그렇게 몇 시간을 그 자리에 있었을까.

"허억… 헉."

갑자기 머리가 핑 돌기 시작했다.

숨이 턱턱 막힌 것처럼 불편한 기분.

"으윽."

당황한 상준은 질끈 눈을 감으며 뒤로 물러섰다.

"야, 사진 반응 좋은데? 팬들이 귀엽… 어?"

상준의 곁에서 열심히 팬들과 소통하고 있던 선우는 놀란 얼굴로 고개를 돌렸다.

"하……."

"왜 그래, 너."

한눈에 봐도 창백해 보이는 얼굴.

식은땀을 흘리고 있는 상준을 보며 선우는 다급하게 말을 쏟아부었다.

"하, 내가 그러니까 좀 쉬면서 하라고 했잖아! 야, 정신 들어?"

"……."

"조금만 기다려 봐, 매니저님 부를 테니까."

선우는 주머니에서 휴대전화를 꺼내며 마른침을 삼켰다.

정신없이 어디론가 전화를 거는 선우의 모습. 그 잔상이 빙그르르 허공에서 도는 걸 끝으로.

"야… 야!"

상준은 옆으로 엎어졌다.

*   *   *

"…아."

고통에 지끈거리는 머리를 부여잡고 일어났을 때는 이미 병실이었다. 상준은 멍한 눈길로 조승현 실장을 올려다보았다. 이전에 제현과 함께 추락해 병원에 입원했을 때. 딱 그때의 표정이다.

"상준아."

다만 차이가 있다면.

잔소리 스킬이 그때보다 늘었다. 그것도 아주 많이.

조승현 실장은 짧게 한숨을 내쉬더니 줄줄이 말을 쏟아냈다.

"아니, 그렇게 무리했으면 얘기라도 미리 하지. 좀 쉬든가. 누가 너 잡아먹는 것도 아닌데 대체 왜 그렇게 혹사하고 다니는 거야. 어? 상준아? 듣고 있니. 아니, 얘 듣는 거 맞나."

듣고 있어요, 정신이 조금 멍할 뿐이지.

"의사 선생님, 얘 머리도 다친 거 같아요. 아까부터 자꾸 멍하니 있는데. 상준아? 너 괜찮아?"

"헉, 실장님. 상준이 형 눈빛이 조금 이상해요."

"뭐라는 거야, 얘는."

"살짝 동태 눈깔…… 이미 죽은 거 아닐까요? 아! 왜 때려, 엄유찬."

아.

괜찮다가도 다시 쓰러질 것 같다. 상준은 두 눈을 끔뻑이며 조승현 실장을 돌아보았다. 그 모습을 본 도영이 호들갑 떨며 화색을 띠었다.

"실장님, 상준이 형. 살아는 있는 거 같아요."

살아 있으니까 일어나지 않았을까.

상준은 천천히 멤버들을 돌아보고는 다시 한숨을 푹 내쉬었다.

"형…… 안 죽었어?"

아주 가관이다.

제현은 눈물을 뚝뚝 흘리며 새하얀 국화꽃 한 송이를 내밀었다.

"…선물."

"선물 맞지?"

상준은 국화꽃을 건네 받으며 머리를 긁적였다. 마음을 써준 건 고맙다만 살아서 이걸 받아 드니 기분이 좀 묘하다. 상준은 제현을 바라보며 작게 중얼거렸다.

"꽃 선정이 좀 이상한 거 같은데."

"…왜?"

아무래도 모르는 것 같다.

하지만, 저 뒤에 있는 두 녀석은 아는 거 같은데.

유찬은 간신히 웃음을 참으며 도영과 눈빛을 교환했다.

"형, 절 받을래?"

제현이 순수하게 폭탄을 투척한다면, 저 둘은 사악한 의도로 폭탄을 제작하는 입장이다. 상준은 몸서리를 치며 말을 뱉었다.

"뭐 하려는지 알 거 같은데, 그냥 나가줄래?"

간신히 일어났는데 혈압이 올라 쓰러질지도.

상준의 살벌한 경고에도 도영은 이미 절을 하고 있었다.

"자, 제현이도 절하자."

"어엉."

"한 번 더 받아."

쓸데없이 공손하게 두 번이나 절을 하는 도영과 유찬.

상준은 머리를 부여잡고 손사래를 쳤다.

"아, 실장님. 저 뒷목이 쑤셔요. 열이 받아서."

"좀 쑤셔도 돼. 너 쓰러지는 바람에 나는 이미 여러 번 쑤셨어."

유감스럽게도 그 역시 상준의 편이 아니다. 조승현 실장 옆에서 가만히 앉아 있던 송준희 매니저도 걱정스러운 얼굴로 바통을 받았다. 또 잔소리의 시작이다.

"한 며칠 푹 쉬고 있어. 어차피 기사 다 떴어."

"기사요?"

일이 생각보다 커졌다. 연예 기사 메인에 상준의 이름이 박혀 있는 걸 보면. 자극적인 기사들도 꽤나 보였다.

「탑보이즈 나상준, 과로로 쓰러져」

—JS가 애를 얼마나 돌렸으면 과로로 쓰러짐?

ㄴ열정 맨이긴 한데 몸 상태는 봐가면서 하지 ㅠㅠ

ㄴ아 진짜 속상해

ㄴㅠㅠㅠㅠㅠㅠㅠㅠ

ㄴ이참에 푹 쉬고 오자

—JS 일 좀 해라;; 아티스트 보호 안 함?

ㄴ스케줄이 너무 빡세긴 했음 ㅇㅇ

ㄴ지난 스케줄 사진인데 한눈에 봐도 피로해 보이잖아 제발 애
들 굴리지 말라고

ㄴ어쩐지 휴식기 없이 겁나 돌리더라 애들이 무슨 소모품도 아니고;;

ㄴ와중에 마이데이 프로젝트까지 진행하는 거 실화야? 적당히
하자 제발

본인이 자초한 일인데 욕은 전체가 먹고 있다. 상준은 기사 댓
글을 확인하고는 눈살을 찌푸렸다. 이러길 바랐던 건 아닌데. 시
간이 지나면 곧 잠잠해질 문제였지만 조승현 실장에게 미안했다.

"죄송해요."

"죄송하면 좀 더 쉬고 있어."

이번에는 조승현 실장의 확고한 뜻을 거스를 수는 없을 것 같다.
게다가.

"…생각보다 괜찮네."

쉴 새 없이 달려왔던 터라 짐을 잠시 내려두고 팔자 좋게 누
워 있는 것도 나쁘지 않았다. 상준은 미소를 지으며 손에 들린
국화꽃을 천천히 내려다보았다.

"이건 안 괜찮고."

"형…… 죽 먹을래? 밥에 매실 탔어."

음. 다시 건강이 나빠지는 기분이다.

＊　　　＊　　　＊

그렇게 꿀 같은 휴식기가 끝나고. 얼마 만일까. 상준은 시끌벅적한 식당 안으로 몸을 들였다. 「메디컬로맨스페이퍼」 팀의 마지막 회식. 벌써부터 후끈하게 달아오른 분위기가 상준을 기다리고 있었다.

"와아아아, 오셨어요?"

"어, 일찍 도착했네."

상준은 하운을 발견하고는 기분 좋게 웃었다. 이번 연도 드라마 중에서도 단연 화제성으로는 1위를 찍었던 「메디컬로맨스페이퍼」다. 오늘 마지막 방송이 방영될 예정이니 단체로 보기 위해 이 자리에 모인 것이었다.

"이쪽으로 앉아."

"네."

상준은 이은영 작가에게 고개를 숙이며 하운의 옆에 앉았다. 수정도 오늘따라 유난히 신이 난 기색이었다.

"잘 지냈어요?"

병원에서 퇴원하고도 며칠 더 쉬었으니 제법 오랜만에 만나는 기분이다. 수정은 부드럽게 웃으며 고개를 끄덕였다.

"그럼요. 스케줄도 정말 쉬지 않고 들어오고. 아, 저 이번에 라디오 하나 맡았어요."

"라디오요?"

수정의 목소리가 워낙 특이한 터라 DJ를 해도 잘 어울릴 것 같다는 생각은 들었는데, 그녀의 재능을 알아본 방송국에서 제안이 들어온 모양이었다.

일이 전혀 없어서 막연히 불안해했던 시간이 주마등처럼 수정을 스쳐 갔다. 어디서든 자신을 찾아준다는 것은 너무도 감사한 일이다.

상준 역시 그런 수정의 마음을 알기에 흐뭇한 미소를 지었다.

"아, 근데 너무 무리하지는 않으려고요."

"그건 당연하죠. 쉬엄쉬엄······."

음, 어째 사람들의 눈길이 이쪽을 향한다.

"누구처럼 쓰러지기라도 하면······."

"푸흡."

스태프들이 입을 가리고 웃고 있다. 어쩐지······.

"개복치라고 소문이 자자하시던데."

"형, 그거 도영이가 다 소문냈어요."

"뭐라고?"

지난주부터 개복치라고 중얼거리길래 뭔 소리인가 했더니, 뒤에서 또 놀려먹을 계획을 세우고 있었던 모양이었다. 상준은 깊은 한숨을 내쉬며 술잔을 들었다.

"사실 걔네만 없으면 이렇게 아프진 않을 거 같아요."

"정신적 과로를 많이 하셨군요."

참으로 훈훈한 팀워크다. 상준은 격하게 고개를 끄덕이며 하운이 내미는 술잔을 받았다.

그때, 조명 팀 감독이 먼저 화색을 띠며 고개를 들었다.

"어, 시작한다."

그동안 힘겹게 달려온 「메디컬로맨스페이퍼」의 마지막 회차. 상준은 술잔을 내려놓으며 시선을 TV로 고정했다.

"마지막 화도 대박이라니까."

"아, 기대된다."

이미 촬영이 끝나 스토리를 전부 알고 있음에도, 그것이 영상으로 편집된 결과물을 보는 것은 또 색다르다. 나눠져 있는 퍼즐 조각을 한데 모아 끼워 맞춘 그림 한 폭을 보는 느낌.

상준은 상기된 얼굴로 마지막 화의 장면을 응시했다.

석우를 그렇게 밀쳐낸 후 채아는 여러 사실들을 알게 된다.

찬이 자신 몰래 바람을 폈다는 사실과 채아가 상처받지 않기 위해 이야기를 완성해야만 했던 석우의 마음까지.

―왜 말 안 했어. 말해줘도 됐잖아.
―네가 상처받는 게 싫어서.

뒤늦게 석우를 찾아간 채아의 목소리는 담담하면서도 간절했다. 순식간에 스크린 밖의 관객들을 현장으로 끌어낸 정윤서의 연기는 완벽했다. 상준은 그녀의 연기에 부드럽게 호흡을 맞추며 흐트러짐을 보이지 않고 있었고.

"와, 우리 드라마인데. 이런 말은 뭐하지만, 좀 재밌네요."

수정이 작게 중얼거리는 말에 스태프들이 단체로 웃음을 터뜨리는 동안, 상준은 자신의 연기를 확인하느라 여념이 없었다.

경력 있는 연기자의 정윤서의 재능을 따라가는 건 결코 쉬운 일이 아니었다. 그 언저리까지 가는 걸 목표로 했었으니. 하지만, 개복치처럼 쓰러질 지경까지 갈고 닦았던 노력 덕분일까.

―그게 너랑 무슨 상관인데. 내가 상처받든 말든, 너는 그냥 알

려주면 됐잖아.

상준은 정윤서와 같은 선에 서서 연기를 펼치고 있었다. 1회차의 연기와는 또 다른 흡인력이다.

채아가 따지고 드는 말에 마침내 자신의 마음을 고백하게 되는 석우. 석우는 채아의 팔을 붙들며 담아왔던 말을 던졌다.

—나… 그 소설 쓴 거, 그것 때문만은 아냐.
—그러면.
—네가 나도 봐주길 바랐어.

채아는 석우의 말에 충격을 받으며 한 걸음 뒤로 물러선다. 눈꺼풀이 파르르 떨리는 것까지, 섬세한 정윤서의 연기가 스토리를 장악했다.

—네 능력이면, 처음부터 나를 붙잡을 수 있었잖아. 그러면 왜 그렇게 안 한 거야?
—그건 진짜가 아니니까.

거짓된 감정으로 채아를 붙들고 싶지 않아서.

맹세코 한 번도 둘을 주인공으로 하는 스토리를 써온 적은 없다고 진지하게 밝히는 석우에게, 채아는 나직이 자신의 마음을 고백한다.

—…그래.

둘이 마주 보고 서 있는 씬이 천천히 멀어지며 오버랩 됐다.

「메디컬로맨스페이퍼」의 마무리다운 감성적인 장면.

그 장면을 일궈낸 것은 여기 있는 수많은 스태프들과, 작가들, 마지막으로 연기자들의 몫이었다.

"다들 소리 질러!"

"와아아아아!"

다시 분위기가 후끈 달아올랐다. 거기에는 상준의 칭찬도 섞여 있었다. PD가 술에 적당히 취해 붉어진 얼굴로 말을 던졌다.

"상준 씨, 연기 진짜 잘한다."

"아, 감사합니다."

상준이 드라마와 완전 몰입해 있는 동안 이은영 작가가 미소를 지으며 닭볶음탕을 건넸다. 대작가다운 인자한 미소와 순수한 호의.

"다음 작도 해볼래요?"

"켁."

아니, 순수하진 않은 호의다. 상준은 갑작스러운 이은영 작가의 침투력에 헛기침을 했다. 조연출이 박수를 치며 엄지손가락을 치켜세웠다.

"작가님이 꽂히셨나 보네."

"아하하……."

실제로 이은영 작가는 대놓고 좋아하는 배우들이 있었다. 돌아가며 주연 자리에 캐스팅할 정도로 아끼는 배우들. 그 반열에 오를지도 모른다는 생각이 들었지만…….

'이러다간 배우로 전향할 거 같은데.'

상준은 어색한 미소를 지으며 고개를 숙였다.

아무래도 조금 무섭다. 하지만, 더 무서운 멘트는 따로 있었다.

PD가 상준을 지목하며 걸걸한 목소리로 쓸데없는 소리를 토해냈으니.

"자, 분위기도 좋고! 드라마도 좋으니까! 우리, 한번 배우분들의 건배사를 들어봅시다."

"아……?"

"개복치 상준 씨."

아, 그렇게 부르지 마세요.

상준은 식은땀을 흘리며 두 눈을 끔뻑였다. 하운은 눈치 없이 생글거리며 상준에게 소주병을 건넸다.

"건배사! 건배사!"

대선배 강주옥부터 시작해서 짬이 되는 배우가 몇 명인데, 이 앞에서 건배사를 하라니.

"깔쌈하게 건배사 하나 뽑아주세요."

"아, 그러면 제가 한번 해보겠습니다."

후.

상준은 착잡한 얼굴로 자리에서 벌떡 일어났다. 기왕 할 바엔 분위기라도 띄워놓자.

"크흠."

상준은 소주병을 높이 치켜들며 자신을 희생했다.

"모두들 열심히 해주셔서 여기까지 온 거 같습니다."

"와아아아!"

"하지만. 다 먹고살자고 하는 짓인데. 우리 모두 저처럼 쓰러지진 맙시다."

"푸흡."

"왜 셀프 디스를 해요, 형."

하도 놀려서.

"개복치를 위하여!"

"위하여! 위하여! 위하여!"

호탕한 웃음소리와 함께 「메디컬로맨스페이퍼」의 종방연은 그렇게 끝이 났다.

＊　　　　＊　　　　＊

「메디컬로맨스페이퍼」의 마지막 시청률은 25.2프로.

역대 케이블 드라마의 성적을 갈아 치운 시청률로 마무리됐다.

하지만, 좋은 소식은 거기서 끝나지 않았다.

탑보이즈는 차기 앨범 준비에 정신이 없었고 마이데이는 프로젝트를 꾸준히 이어가며 활동을 쉬지 않았다. 그렇게 적당히 무리하지 않는 선에서 최선을 다했던 시간이 흘렀을 때.

상준은 멤버들과 함께 TV 앞에 앉았다.

"아, 제발."

마이데이가 1위 후보로 올랐다는 소식에, 연습을 끝내자마자 단체로 달려왔다. 상준은 침을 삼키며 두 손을 모았다.

"뮤직월드 8월 2주 차! 음원 디지털 점수와 시청자 점수, 방송 점수, MC 점수를 모두 합계한 이번 주 1위는……."

"누구인가요?"

상준과 아린의 자리를 대신해 화면을 채우고 있는 두 MC의 묵직한 한마디. 상준은 떨리는 심정으로 멘트를 기다렸다.

　매달 숨 돌릴 새도 없이 진행되었던 마이데이 프로젝트. 그간 대진 운이 너무 살벌했던 터라, 정작 1등은 거머쥐질 못했다.

　'저, 1등 하고 싶어요.'

　두 눈을 반짝이며 내뱉었던 시은의 바람을 지켜주고 싶었다.

"1위는!"

"두구두구두구."

영원 같은 시간이 흘렀을 때.

"마이데이의 'Saturday morning'입니다!"

"축하드립니다!"

심장이 쿵 하고 내려앉았다.

　　　　　*　　　　　*　　　　　*

"1위라니……. 이거 진짜 꿈 아니지?"

　시은은 펑펑 울며 자리에 주저앉았다. 마이데이의 여섯 번째 프로젝트, 이번 앨범의 'Saturday morning'이 경쾌하게 스튜디오를 가득 채웠다. 원래라면 여유롭게 라이브 무대를 보여줄 계획이었지만, 실제로는 한 소절을 부르는 것조차 힘들었다.

"으흑… 흑."

　시은은 떨리는 손으로 마이크를 부여잡으며 노래를 불러 나갔다.

"선… 선데이 모닝. 너를 처음 보던 그 아침을……."

감정이 격양된 나머지 불명확하게 새는 발음들. 하지만, 그 누구도 시은의 노래 실력을 무시하지 않았다. 저렇게 펑펑 울고 있는데 저 정도의 라이브가 되는 게 신기할 따름이었으니까.

"하, 진짜 행복하다. 어떡하지?"

"꿈인 거 같아……."

무덤덤한 편인 한비조차도 눈시울을 붉히고 있었다. 서영은 보나마나 무대가 끝나자마자 뛰쳐나갈 게 뻔했다.

"와아아악!"

엄마, 나 1등 했어.

그 마음이 얼마나 진심인지 알기에 마이데이의 매니저는 흐뭇한 미소를 지으며 옆에 서 있었다. 첫 1위고, 앞으로 가야 할 길이 멀겠지만 그 시작에 발을 내딛던 것만으로도 충분히 감격스러운 순간이었다.

"수고했어, 애들아."

꿈만 같았던 시상 무대에서 내려와서도 그 감격은 사라지질 않았다. 마이데이는 나란히 모여 트로피를 얼싸안고 울었다.

"나 아까 제대로 부른 거 맞아? 진짜……. 수상 소감도 말해야 하는데 벌벌 떨고."

"나도 그랬어, 나도."

"아……. 진짜 대박이다. 실장님한텐 연락했어?"

"아까 바로 문자 오셨던데."

마이데이는 상기된 얼굴로 대화를 주고받았다. 그나마 진정된 다경이 웃으며 나머지 멤버들을 챙기고 있었다.

그때였다.

"어?"

울먹이던 한비의 눈길이 무대 뒤편으로 향했다. 이번 마이데이와 또다시 우연히 활동이 겹치고만 보이 그룹. 원래대로라면 음악방송 1위를 놓고 다툴 정도로 강력한 라이벌이었지만 지금은 아니다.

"더블틴이네."

가슴을 벅차게 울리던 감동이 순식간에 사라지는 기분이다.

한비는 건조한 목소리로 말을 뱉었다.

"반가워라."

리더인 온이 그렇게 된 이후 더블틴은 엄청난 하락세를 겪었다. 팀 내에서 가장 인기가 많았던 멤버. 사실상 원맨 캐리라고 불릴 정도로 영향력 있는 멤버가 팀에서 하차하게 되었으니.

'이제 끝이지.'

대부분 사람들은 그렇게 생각했다. 나머지 멤버들의 인성도 만만치 않았으니 대놓고 내색하지 않을 뿐, 꼴 좋다고 생각하는 스태프들이 대다수였다.

'이렇게 만날 줄은 몰랐는데.'

시은은 입가에 미소를 띤 채 인사를 건넸다.

"안녕하세요."

"아……. 안녕하세요."

자연스럽게 복도를 지나쳐 가려던 더블틴 멤버들은 창백하게 질린 얼굴로 멈춰 섰다.

'왜 저런 표정을 하고 있대.'

누가 보면 잡아먹으려는 줄 알겠네.

시은은 속으로 조소를 머금었지만, 적어도 대놓고 티를 내진 않았다. 연처럼 멍청한 성격은 아니었으니까 그저 웃어 보일 뿐.

"1위 축하드립니다."

"아, 감사해요."

예전이라면 잔뜩 굳은 얼굴로 저 앞에 섰겠지만, 이젠 반대다. 차가운 미소가 걸려 있는 마이데이 멤버들을 보며 더블틴은 입술을 깨물고 서 있었다.

"선배님들도 꼭 1위 하세요."

"하하……."

능력 있는 후배가 선배를 챙기듯 아름다운 그림. 하지만, 그 말에 뼈가 있음을 모르는 사람은 없었다.

후다닥.

어색한 인사가 끝나자마자 꽁무니 빠지게 도망가는 더블틴 멤버들의 뒷모습을 바라보며 시은은 다시 웃었다.

"…참 안쓰럽네."

어느 자리에 있든, 더블틴은 변함없이 초라했다.

*　　　　*　　　　*

"크, 좋겠다. 좋겠어. 아주 그냥 입이 귀에 걸렸구만."

같은 시각. 상준이 있는 숙소도 별다를 건 없었다.

"짠?"

"좋네."

상준은 유찬이 건네는 맥주를 받아 들며 미소를 지었다.

처음 마이데이 프로젝트가 시작될 때는 JS 엔터 내부에서도 반대하는 사람이 꽤 많았다. 매달 앨범이라니. 곡을 상준이 충당한다 해도 음악방송 출연에 활동비까지 여간 어려운 작업이 아니었기 때문이었다.

하지만, 성공적으로 해냈다.

누가 뭐라고 해도 박수받을 수준의 성적을 이뤄냈고, 결과적으로 마이데이 친구들도 저렇게 웃고 있으니 잘한 결정이 아닐까.

옆에서 놀려대는 동생들을 보면 착잡하지만.

"이야, 이게 누구야?"

"개복치 작곡가님?"

"아, 형. 노래 하나 써주면 안 돼?"

"무슨 노래?"

상준은 해탈한 표정으로 두 눈을 반짝이는 도영을 돌아보았다.

"내가 어젯밤에 꿈을 꿨는데……."

"어엉."

"커다란 개복치가… 꾸엑!"

이런 헛소리는 바로 처단해 주는 것이 좋다.

문제는 저 헛소리들 때문에 신박한 문자들이 온다는 것.

띠리링―.

상준은 인상을 쓰기 무섭게 울려 퍼지는 휴대전화에 당황했다. 아린이었다.

[와!!!! 이번에 마이데이 1위 축하해요!!!!!]

느낌표가 잔뜩 붙은 걸 보니 아린도 상당히 흥분한 모양이었

다. JS 엔터 식구는 아니지만 마이데이를 자주 봐온 입장에서 그
새 애착이 생긴 것 같았다. 상준은 웃으며 답장을 보냈다.

[ㅎㅎ 고마워]
[역시 개복치 작곡가님!!! 꺄아아아]
[??]
[왜요?]
[호칭 왜 그래 무슨 일이야]
[도영 선배가 알려줬어요!!!]

"야, 차도영 어디 갔냐."
상준은 고개를 휙 돌리며 범인을 찾아 나섰다.
후다닥.
아까까지만 해도 옆에 있던 도영은 이미 구석으로 도망가 휴
대전화를 보며 생글거리고 있었다.
"너 팬카페에도 벌써 올렸어?"
"당연하지! 아아악, 때리지 마! 진짜로!"
"아직 안 때렸는데."
결국 때릴 거지만.
상준은 도영의 목덜미를 잡고서 거실로 질질 끌고 나왔다.
도영은 억울하다는 표정으로 다급한 해명에 들어갔다.
"아니, 그거 별명 내가 지은 거 아니라니까."
"그럼 이 깜찍한 생각을 할 사람이 누군데?"
"기자님들……?"

그건 또 무슨 불안한 소리야.

상준의 손에 들린 휴대전화로 향하는 도영의 눈길에 침을 삼
키며 포털 창에 들어갔다.

1. 마이데이
2. 개복치
3. 탑보이즈 나상준

1위와 3위는 그렇다 쳐도 2위가 영 불안한데.

「개복치 작곡가님의 정체는? 탑보이즈 나상준」

「마이데이 'Saturday morning' 1위, 마이데이 프로젝트를 기획한 개
복치 작곡가, 상준」

쓰읍.

상준은 머리를 싸매며 어떻게 된 상황인지 빠르게 확인하기
시작했다.

―개복치 작곡가님 ㅋㅋㅋㅋㅋㅋㅋ 뻘하게 웃기네

ㄴ예명을 진짜 저렇게 지은 건가?

ㄴ아 ㅋㅋㅋㅋㅋㅋㅋㅋ

ㄴJS 엔터 마케팅 잘하네요

―노래 옆에 개복치로 올라가 있음

ㄴ나상준 작곡가님에 이어서 개복치라니 ㄷㄷㄷ

ㄴ근데 노래는 진짜 잘 만든다 완전 JS 색이네

ㄴ아 재능 썩히지 말고~ 맨날 만들어줘요

ㄴ그러다가 쓰러짐 ○○

ㄴㅋㅋㅋㅋㅋㅋㅋㅋㅋㅋㅋㅋ

ㄴ상준이 의문의 1패

ㄴ저질 체력이라는 걸 대놓고 뿌려 버리네

─마이데이 1위 유지하자아아

ㄴ꽃길만 걷자!!

ㄴ새러데이 모니이이잉

ㄴ개복치! 개복치! 개복치!

다른 건 다 둘째 치고 예명이라니.

상준은 불안한 얼굴로 제자리에 멈춰 섰다.

"형, 몰랐어? 형 푹 쉬고 있을 때 예명 개복치로 올라갔잖아."

"뭔 소리야, 그건 또."

마이데이가 음원차트 1위를 거머쥐는 것까진 실시간으로 전해 들었다. 괜히 스트레스받지 말라는 의미에서 퇴원할 때까지 아예 데이터를 차단한 조승현 실장이었지만, 뒤에서 이런 사고를 쳤을 줄이야.

그 뒤로 딱히 체크해 볼 이유가 없어서 아예 모르고 있었다.

"나 그냥 애칭인 줄 알았어."

"애칭은 애칭이야. 축하해."

"아, 아니. 별명이 개복치인 거랑 이름이 개복치인 건 좀 어감이 다르지 않아?"

상준은 황당하다는 듯 휴대전화를 움켜쥐었다. 정신없이 배를 잡고 웃어대는 도영과 달리 그나마 침착한 유찬은 좀 더 자연스럽게 상준을 놀려먹고 있었다.

"괜찮아, 형. 형이 개복치가 처음이라 그래."

"아니, 헛소리하지 말고."

"왜. 예명 귀엽잖아."

막대 사탕 대신 오징어 다리를 뜯으며 중얼거리는 제현을 무시하고, 상준은 곧장 현관문을 나섰다.

"아, 실장님!"

예명 많잖아.

왜 하고많은 예명 중에서 개복치냐고.

*   *   *

"아니, 그게 말이야."

조승현 실장은 턱을 괸 채 진지한 얼굴로 상준을 설득시켰다.

"아무래도 작곡 활동이 팀 활동과는 별개니까 이번 기회에 프로듀서 예명을 지어보면 좋겠다. 뭐, 그랬던 거지."

"아니, 근데 어떻게 저는 몰랐을까요?"

"아무도 얘기를 안 해줘서……?"

망할 멤버들.

개복치라고 놀릴 때마다 어쩐지 평상시보다 더 신나 보이더라니. 상준은 지끈거리는 머리를 부여잡으며 고민했다.

마이데이의 금요일 앨범까지는 멀쩡했던 본명이 사라졌다.

"그래도 탑보이즈 활동 예명이 개복치인 거보단 낫잖아."

"그랬으면 퇴사했어요."

"저런."

순간 상상했다.

가요 무대에서 상을 받는, 기분 좋으면서도 소름 돋는 상상을.

'네, 이번 KBC 가요 무대 프로듀서 부문 수상자는……'

'개복치 씨! 앞으로 나와주세요!'

어, 큰일 날 것 같다.

상준은 진지한 얼굴로 말을 뱉었다.

"지금이라도 바꾸는 것이 좋을 거 같아요. 제 소중한 이미지를 위해서."

"이미 네 이미지는……."

"아, 왜요."

상준은 억울하다는 표정이었다. 아무리 그동안 헛짓거리를 많이 하고 다니긴 했지만, 예명이 탈인간의 차원을 넘어설 수준은 아니라고 생각해서였다. 조승현 실장은 아쉽다는 얼굴로 혀를 찼다.

"특색 있는데……."

"대체 누가 그래요."

"대표님이……."

그분 취향도 참 독특하시네요.

상준은 깊은 한숨을 내쉬며 중얼댔다.

"아, 다시 사람으로 돌려주세요."

"알았어. 거참, 마음에 들었는데 난."

조승현 실장은 너털웃음을 터뜨리며 손사래를 쳤다.

그 순간. 실장실에 있던 전화기가 시끄럽게 울려 퍼졌다.

"잠깐만."

"네."

"안녕하세요, JS 엔터 조승현입니다."

아무 생각 없이 전화를 받았던 조승현 실장의 얼굴이 이내 하얗게 질렸다. 수화기 너머로 매력적인 목소리가 울려 퍼졌다.

—This is Emma Cameron. I'd like to collaborate with composer Gaebokchi.

이쪽에서는 흐릿하게 들려오는 터라 제대로 듣지는 못했지만, 두 단어는 확실히 귓가에 박혔다.

수화기 너머의 내용을 대강 흘려들은 상준은 두 눈을 끔뻑였다.

"엠마 캐머런……. 개복치?"

엠마 캐머런이면…….

"그 빌보드… 가수요?"

상준은 놀란 얼굴로 벌떡 일어났다.

*   *   *

엠마 캐머런.

그 이름만으로도 상당히 영향력을 자아내는 가수였다.

빌보드 1위를 다섯 번인가 찍은 유명 아티스트이자, 혼자서 무대를 장악한다는 유명한 미국의 싱어송 라이터.

특히 한국 팬들도 많아서 곡을 내는 족족 국내 음원차트의 상위권을 차지하기도 했다. 그 명성은 괜히 나온 것이 아니었다.

그녀의 커리어만 놓고 본다면 말이 끊이지 않을 수준이었으니.

제현은 엠마 캐머런에 대한 정보를 술술 풀어놓았다.

"노래도 잘하고……. 작곡도 본인이 하잖아. 원래 버스킹 하다가 캐스팅 됐을 정도로 라이브도 엄청 잘하고. 나 그 사람 출연한 뮤직 드라마도 봤어. 거기 나온 노래 다 본인이 쓴 거래."

"맞다."

"노래 좋지. 진짜 버릴 게 없잖아."

"그런데 그 유명한 가수가……. 우리랑 작업을 한다고?"

선우는 떨리는 목소리로 조승현 실장을 바라보았다. 전화가 오자마자 급히 멤버들을 불러 모았지만 아직 마음의 정리가 되지 않은 건 그 역시 마찬가지였다.

"일단 연락이 오긴 했어."

"말도 안 돼."

"진짜로요?"

조승현 실장은 대답 대신 고개를 끄덕였다.

해외 유명 아티스트와 함께 작업할 수 있는 기회. 마이데이 프로젝트가 해외에도 알려지면서 관심을 모았다는 소리는 들었지만, 이렇게 직접적으로 실감할 기회는 없었다.

조승현 실장은 차분한 목소리로 그녀가 건네온 말을 전해주었다.

"이전에 미국에 왔을 때 리얼리티 쇼, 재밌게 봤대. 노래도 인상 깊었다고. 한번 꼭 작업해 보고 싶다고 연락이 온 거야."

"와."

"저 완전 하고 싶어요, 진심으로."

해외에서 입지를 굳혀 나가고 있는 탑보이즈지만 아직 그녀의 명성을 따라잡으려면 먼 것도 사실이었다. 팝의 여왕이라고 불릴 정도로 유명한 아티스트와 함께 합을 맞추게 되다니.

상준은 차갑게 식은 손을 만지작거렸다.

"미치겠다."

"아, 어떡하지."

앞으로 한두 시간 안에 기사가 뿌려질 상황. 세계적인 아티스트와 함께 무대를 꾸미게 된다면, 자연히 묻어가는 것도 있겠지만 그 위압감도 상당하다. 전 세계의 시선이 이쪽으로 쏠리는 건 물론이고 수많은 사람들에게 재단당하게 될지도 모르기 때문이다.

하지만, 그럼에도 너무 매력적인 제안.

"어떻게 할래?"

조심스럽게 운을 떼는 조승현 실장의 말에, 다섯은 동시에 고개를 끄덕였다.

"당연히 해야죠."

＊　　　　＊　　　　＊

「탑보이즈, 엠마 캐머런과 협업, 신곡 발매 예정」

「해외로 진출하는 탑보이즈, 빌보드 차트를 노리나. 엠마 캐머런, 든든한 지원군 합류」

─와 ㅋㅋㅋㅋㅋㅋ 여기서 협업을 한다고?

ㄴJS에서 각 잡고 준비했네 미쳤다 ㄷㄷㄷㄷㄷ

ㄴ이거 엠마 캐머런이 먼저 컨택한 거라던데?

ㄴ뇌피셜 ㄴㄴ

ㄴ아니, 진짜라니깐;;

ㄴJS 마케팅이에요 그게 다 ㅋㅋㅋ 그걸 믿음?

─개복치 노래가 너무 좋아서 연락 왔다던데

ㄴㅋㅋㅋㅋㅋ개복치 같은 소리하네

ㄴ야 아무리 니들이 팬심으로 실드 쳐도 양심은 있어야지

ㄴ그래서 엠마 캐머런이 누군데요?

ㄴㅋㅋㅋㅋㅋㅋㅋㅋㅋㅋㅋㅋ

ㄴ그 유명한 가수를

─이건 내가 봤을 땐 엠마가 멱살 잡고 끌어올릴 듯?

ㄴ진짜 빌보드 가는 거 아니냐

ㄴㅋㅋㅋㅋㅋㅋ근데 간다 쳐도 완전 엠마빨아님?

ㄴ솔직히 인정하자면 그게 맞지

ㄴ근데 ㅈㄴ 못해서 쪽팔리면 어뜩하냐;;

ㄴ해외 팬들 눈 시퍼렇게 뜨고 지켜보고 있던데 ㄷㄷ 어쩌자고 하는 거임?

─솔직히 탑보이즈가 진짜 폭풍 성장 신인은 맞긴 맞지……. 거의 1군급 아이돌이긴 한데;; 그래도 엠마 캐머런은 좀 무리수 아닌가?

ㄴ근데 엠마가 곡 보는 눈은 있잖아

ㄴ믿는 게 있으니까 골랐겠지 아 몰라

ㄴ일단 곡 나오고 생각합시다

ㄴ상준이랑 동시 작곡 한다고?? ㄷㄷㄷ 스케일 미쳤네????

반응은 예상대로였다.

기대된다고 난리 난 팬들도 있었지만 그와 별개로 쏟아지는 비난들은 감당해야 할 몫이었다. 생각지 못한 것도 아니었으니까.

하지만, 그녀와의 협업곡이 KPOP 댄스 장르라는 게 알려지면서 또 한바탕 난리가 났다.

—까고 말해서 아이돌 곡은 거기서 거기 아니냐?

ㄴ맞지 ㅋㅋㅋㅋㅋ 인정할 건 인정해야지

ㄴ뭐래 미친 놈들이? 니들 두뇌가 거기서 거기 같긴 함 ㅋㅋㅋ

ㄴ극딜 미쳤네 ㄷㄷㄷㄷㄷ

—다 된 엠마에 탑보이즈 뿌리기 아님?

ㄴ말넘심;;;

ㄴ아니 근데 무슨 엠마가 케이팝이야 ㅋㅋㅋ 그건 니들 욕심이지~

ㄴ괜히 망신될 듯;; 곡 퀄이 심히 걱정된다…….

그간 엠마 캐머런이 가장 사랑받았던 장르는 어쿠스틱 팝 장르였다. 밝으면서도 여러 사람이 따라 부를 법한 익숙한 멜로디와 중독성 있는 목소리.

그러다 보니 탑보이즈의 스타일과는 기본적으로 다른 부분이 많았다. 그녀가 싱어송 라이터라면 탑보이즈는 그룹이니까.

상준은 댓글들을 확인하며 씁쓸한 미소를 지었다.

아무리 좋은 곡들을 만들어내려 애를 써와도 대중의 시선은 크게 변하지 않았다.

아이돌이라고 하면 색안경을 끼고 보는 경우가 많았다. 특히 해외 시장에 내던져졌을 때는 더 그랬다. 한층 더 날카로워진 사람들의 시선. 상준은 작업실 모니터를 노려보며 한숨을 내쉬었다.

"후."

그녀의 팬들과 대중을 실망시켜서는 안 된다는 생각이 앞섰다. 이러다가 또 개복치 작곡가가 되는 건 아닌가 싶을 정도로, 상준은 지난 일주일을 갈아 넣었다.

그런 상준의 마음을 눈치챘을까.

"어?"

끼이익.

선우가 문을 열고 들어왔다.

"잘돼가고 있어?"

"일단은?"

상준은 흐릿한 미소를 지으며 손을 내렸다.

엠머 캐머런. 그녀와 작업하면서 상준은 다시금 감탄할 수밖에 없었다. 놀라운 작곡 실력은 둘째 치더라도 그녀의 인성 때문이었다.

해외 톱스타라고는 믿기지 않을 정도로 배려 있고 겸손한 성격이었다. 전화로 연락을 취하면서도 단 한 번도 충돌이 없었다.

덕분에 작업은 술술 진행되어 갔다. 적어도 표면적으로는 말이다.

선우는 어두워 보이는 상준을 향해 음료수 캔을 내밀었다.

"너무 부담 가지지 마."

"그래 보이나."

"어. 그것도 엄청."

선우는 피식 웃으며 캔을 뜯었다.

촤아악—.

탄산음료의 경쾌한 소리가 작업실을 울렸다. 상준은 선우에게 헤드셋을 건네며 말을 던졌다.

"한번 들어볼래?"

엠마와 고심해서 끌어낸 작업물이다. 아직 가이드에 불과하지만 여기까지 녹여내는 데도 상당한 시간이 걸렸다. 어떻게 해야 전혀 다른 두 색을 자연스럽게 어우러지게 할 수 있을까.

톱스타인 그녀와 하루에 다섯 시간씩 통화를 이어가며 작업해 낸 결과물이었다.

디디링.

부드러운 멜로디가 울려 퍼지자마자 선우는 두 눈을 크게 떴다.

엠마 캐머런의 어쿠스틱 스타일. 기타 소리가 귀를 사로잡으면서도 전혀 낯설지 않은 느낌에 놀란 것이었다.

"와."

굳이 따지자면 탑보이즈의 'EIFFEL' 느낌. 청량한 탑보이즈의 색이 고스란히 묻어 있는 노래에 선우는 감탄했다.

"같이 작업한 거라고?"

마치 한 사람이 작업한 것처럼 이질감이 전혀 없는 느낌이다. 훨씬 경력도 많은 데다 인지도 면에서도 확연히 차이 나는 엠마였지만 작업에 있어서는 상준을 배려해 준 덕이었다.

눈치 보지 말고 원하는 곡을 만들어라.

그녀가 말하고자 했던 게 그 말이라는 걸 상준이 모를 리가 없었다. 그래서 더 부담이 됐다. 자꾸만 자신을 잃게 되었고.

하지만, 선우의 생각은 달랐다. 확신에 찬 목소리가 상준을 깨웠다.

"이건……. 대박인 거 같아."

＊　　　＊　　　＊

엠마 캐머런은 전혀 예상하지 못했던 소식들을 들고 와 탑보이즈를 놀라게 했다. 마스터링 업무를 JS 측에 완전히 맡긴 것도 신기했지만, 조승현 실장을 완전히 기겁하게 만든 일은 따로 있었다.

녹음까지 마저 끝냈을 때, 엠마 측에서 들어온 충격적인 제안.

'네? 합동무대요……?'

해외 아티스트와 협업할 때 다양한 방법으로 소통하고 실제로 만나는 경우도 있었지만, 합동무대를 만든다는 건 스케일이 다른 일이었다.

국내의 서로 다른 아티스트라 쳐도 무대를 만들기 위해서는 여러 이해관계가 따른다. 두 소속사가 함께 일을 진행한다는 게 생각보다 깔끔한 일은 아니니까. 하물며 국내의 경우에도 그런데, 해외 무대에서 함께 공연을 하자니.

'진심이래요?'

처음에는 얼떨떨하게 있었던 멤버들도 이젠 즐기기로 했다.

"안녕하세요."

"와아아아!"

덕분에 이렇게 오랜만에 미국 땅을 밟았고.

대기하고 있던 팬들에게 가볍게 인사를 건넨 제현은 유찬의 옆구리를 툭툭 쳤다.

"형, 형. 이거 봐봐. 이게 신상 카메라인데."

"이건 또 왜?"

"사진 찍고 싸인 받을 거야."

"…야. 너무 없어 보이잖아."

아예 대포 카메라를 가져오지 그랬냐.

유찬은 너털웃음을 터뜨리며 제현이 건네는 디카를 손에 들었다.

"근데 노래 너무 좋잖아. 그거 들었어?"

엠마 캐머런의 'Lollipop'. 그녀의 대표곡 중 하나인 노래를 가장 좋아하는 모양이었다. 상준은 실없는 웃음을 흘리며 고개를 끄덕였다.

"누가 막대 사탕 좋아하는 애 아니랄까 봐."

제현은 가슴에 손을 얹으며 작게 중얼거렸다. 한 번도 보지 못한 낯선 모습에 선우는 흥미로운 눈길을 건넸다.

"아, 떨려."

"그렇게 떨려?"

"나는 다른 의미로 떨리는데. 이러다가 안무 삐끗하면 어쩌냐."

음원과 목소리만 들었지 이렇게 실제로 만나는 건 처음이다. 유찬의 걱정스러운 말도 퍽 이해가 됐다.

"삐끗하면 삐끗하는 거지, 뭐."

"케이팝의 힘을 보여줘!"

"아, 형 부끄러워."

여기 공항이다.

방금 외국인들이 수군대면서 지나가는 걸 본 유찬의 얼굴이 창백해졌다.

"자, 다들 쓸데없는 소리 말고 집중."

"집중!"

송준희 매니저는 멤버들을 간신히 진정시키며 빠르게 스케줄을 읊었다.

"우선 무대 합도 맞추고, 일주일 뒤에 무대 있으니까 리허설도 할 거야. 조금 정신없긴 할 건데 다들 할 수 있지?"

"네에!"

힘찬 멤버들의 목소리가 동시에 울려 퍼졌다.

*　　　*　　　*

그렇게 패기 넘치는 마음으로 뉴욕 땅을 밟은 탑보이즈. 호텔에서 하룻밤을 푹 쉬고 나서 가장 먼저 찾은 스케줄은 엠마와의 만남이었다.

새벽 내내 뒤척였던 제현은 초췌해진 몰골로 차에서 내렸다. 평생 올 일 없다고 생각했던 이곳. 높다란 빌딩이 탑보이즈를 기다리고 있었다.

"여기라고?"

엠마 캐머런이 건물을 세웠다는 소리가 자자한 미국의 매니지먼트다. JS 엔터도 규모 면에서는 상당한 편이었지만, 이 건물은 진짜……

"높다."

멍하니 하늘을 올려다보던 멤버들을 낯선 목소리가 깨웠다.

"이쪽으로 오시면 됩니다."

탑보이즈의 얼굴을 확인한 매니저가 그들을 단체로 안내했다. 도영과 제현은 고개를 두리번대느라 정신이 없었다. 사진으로만 보던 곳을 마침내 찾았으니 이제 정말 그녀를 만날 일만 남았다.

"들어가시면 돼요."

세계적인 스타의 파워는 어마어마했다. 한 번도 서보질 못했던 해외 음악 무대에 덜컥 스케줄이 잡혔으니까. 낯선 땅에서 펼치는 무대가 긴장됐지만 지금 이 순간이 더욱더 살 떨리게 느껴졌다.

아티스트 대 아티스트.

단순히 그런 느낌으로 그녀를 대하기엔 저 높은 탑 위를 올려다보는 것처럼 아득하게 느껴졌기 때문이었다.

"자, 가자."

하지만, 이곳까지 온 이상 상준의 철칙은 같았다.

기왕 만날 거면 자신 있게.

입가에 걸린 흐릿한 미소와 함께.

"Dream the top! 안녕하세요, 탑보이즈입니다!"

벌컥ㅡ.

문이 열렸다.

*　　　　　*　　　　　*

"와."

가장 먼저 나온 것은 감탄이었다. 괜히 톱스타가 아니라는 생각이 가장 먼저 머릿속을 스쳤다. 후광이 비치나 싶을 정도로 화려한 분위기 속에서 느껴지는 여유까지.

제현은 긴장한 얼굴로 두 눈을 끔뻑이다가 뒤늦게 고개를 숙였다.

"환영해요."

"네!"

차례로 인사를 건넨 후 눈에 들어온 것은 널찍한 연습실이었다. 혼자서 이 넓은 곳을 다 쓰나 궁금해졌을 정도로 운동장처럼 느껴지는 연습실. 벽면의 거울을 빤히 보던 상준은 침을 삼켰다.

"바로 합부터 맞출까요?"

녹음과 마스터링까지 끝이 났다. 안무 연습도 각자 해 왔으니 정말 그녀의 말처럼 합만 맞추면 되는 상황. 하지만, 생각보다 중압감은 훨씬 더 어마어마했다.

"후우……."

상준에게 부담을 가지지 말라 했던 선우는 누가 봐도 덜덜 떨고 있었다. 상준은 피식 웃으며 선우에게 슬쩍 말을 걸었다.

"야, 왜 그렇게 긴장했어."

"아, 떨리잖아."

선우는 머리를 긁적이며 제현을 돌아보았다. 어디서나 맹랑하던 녀석이 멍하니 굳어 있다. 선우는 제현을 손으로 가리키며 상준에게 말했다.

"쟤도 봐봐. 아주 그냥 얼어붙은 거."

"안 긴장했어."

"그럴 리가."

살짝 삐걱거리는 폼이 고철 로봇 같은데. 제현은 어색하게 팔다리를 뻗으며 빠르게 동선을 파악했다. 원래 연습하던 연습실이 아니라 몇 배로 넓어진 환경. 마치 콘서트 무대에 선 것 같은 착각마저 든다.

'잘할 수 있겠지.'

상준은 작게 중얼거리며 자리를 잡았다.

"자, 시작할까요?"

엠마 캐머런은 긴장한 티가 역력한 탑보이즈가 재밌었는지 농담을 건네며 분위기를 풀었다.

"아, 혹시 아직 시차가 적응 안 된 건 아니죠?"

"안 된 거 같은데요. 막 심장이 두근대는 걸로 봐서는."

"그러면 실수한 건 다 시차 탓으로 하죠, 뭐."

"와, 그런 방법이······."

대강 이해한 유찬이 웃으면서 엄지손가락을 치켜세우자 도영이 두 눈을 끔뻑였다. 역시나 이해하지 못한 게 분명했다.

"왓······?"

"가만히 있어."

"오케이··· 바이······."

괜찮다. 우리의 메인 댄서는 머리가 조금 순수해도 춤만 잘 추면 되니까. 도영은 마지막으로 깊게 숨을 내쉬고는 뒤편을 돌아보았다.

"실장님······."

오늘 이 자리엔 탑보이즈만 온 게 아니었다.

JS 매니저 팀도 당연히 왔지만, 조승현 실장도 함께였다. 세계적인 아티스트와 함께하는 자리다 보니 꽤 걱정되었는지 첫 연습 자리까지 따라온 것이었다.

'파이팅!'

조승현 실장이 입모양으로 던지는 응원에, 상준은 흐릿한 미소를 지었다. 언제나 태연한 상준과 제현마저도 저렇게 떨고 있으니 걱정될 수밖에 없다.

'할 수 있다!'

초승현 실장은 팔짱을 낀 채 멤버들을 지켜보았다.

"잘하겠지, 뭐."

애써 태연하게 말하면서도 멤버들을 따라 심장을 진정시키느라 정신이 없었던 조승현 실장.

하지만, 크게 걱정할 필요가 없었다는 걸, 음악이 흘러나오자마자 눈치챌 수 있었다.

'아, 진짜 어떡해. 나 떨려 죽을 거 같은데.'

'아니, 그래도 보여줘야 할 거 아니야. 이게 바로 케이팝의 메인 댄서다! 아… 아니야?'

오는 길 내내 허세와 걱정을 달고 살았던 메인 댄서 도영은 음악과 동시에 눈빛이 180도로 바뀌었다. 엠마 캐머런의 음악 스타일에 완벽하게 녹아 들어가는 감성. 도영은 미끄러지듯 앞으로 튀어나왔다.

Show me a new story
너와 있을 때마다 자꾸만 떠오르잖아

제현도 마찬가지였다. 긴장하던 얼굴은 어디로 가고, 무대 위 낙천적인 모습으로 돌아왔다. 그나마 제정신을 차리고 있었던 유찬은 그답게 능숙한 퍼포먼스를 선보였다.

"예에에!"

"하나, 둘, 셋!"

"둘, 둘, 셋, 넷."

이제는 박자에 맞춰 구호를 외치는 모습까지. 선우는 리더답게 빠르게 동선을 정리하며 나머지 멤버들에게 눈치를 주고 있었다.

상준은 말할 것도 없었다. 엠마와 함께 이 곡을 작곡한 덕분인지 가장 곡의 이해도가 높았다. 어떤 파트에서 어떤 포즈를 취해야 할지, 그 섬세한 표정 연기마저 모두 꿰뚫고 있는 것 같았다.

"와……."

흔히들 애드리브라고 한다. 배우의 연기나 가수의 노래에서 가장 많이 쓰이는 표현이긴 하지만, 퍼포먼스 역시 마찬가지다.

안무는 정해져 있지만 굳어져 있는 것이 아니다.

멤버들의 안무에서 여유가 보였던 것도 그 때문이었을 것이다.

"와. 잘하는데?"

조승현 실장 옆에서 춤을 지켜보던 엠마의 매니저 역시 탄성을 터뜨렸다.

'탑보이즈……? 그게 누구지?'

이름은 어렴풋이 들어봤어도 엠마가 처음 이야기를 꺼내기 전까지는 그들을 잘 몰랐던 매니저였다. 애당초 전혀 다른 나라의 가수들이기도 했고, 미국에서는 아직 그만한 영향력이 없는 가수였다.

'케이팝이라.'

케이팝 가수들이 전 세계에 진출하면서 과거와는 비교도 안 될 정도로 영향력이 커진 것은 사실이었다. 하지만, 그건 유명한 몇몇의 경우였다.

'음. 너무 위험한 것 같은데요.'

그랬기에 당연히 그녀의 소속사 측에선 반대했었다.

엠마가 강경하게 의견을 전달하기 전까지는 말이다.

퍼포먼스도 좋고, 센스도 있고. 라이브 실력도 뛰어나다.

탑보이즈가 출연한 방송들을 빠짐없이 훑어본 엠마가 내린 결론에 의문을 가졌던 것도 사실이지만, 지금의 그는 달랐다.

"와."

처음 맞추는 합인데도 깔끔하다. 흐트러짐 없이 원래 하나의 팀이었던 것처럼 자연스럽게 굴러가는 무대.

"예에에에!"

"끝났다아아."

"아, 죽을 거 같아."

첫 번째 연습이 끝난 직후, 그녀의 매니저와 조승현 실장은 서로를 마주 보며 소탈하게 웃었다.

수없는 무대를 지켜봐 온 자들은 안다.

'이건 된다.'

때론 무대만 봐도 결과를 확신하게 되는 순간이 온다는 걸.

　　　　*　　　　　*　　　　　*

"와아아아아!"

사방에 함성이 가득한 스튜디오. 이번 싱글앨범은 이전과는 확실히 달랐다. 해외 팬들을 겨냥한 프로젝트답게 첫 무대도 해외의 뮤직 쇼에서 진행될 예정이었으니까.

처음에는 많은 이견이 있었다.

'차라리 그럴 거면 전 가사를 팝송으로 가는 게 낫지 않아?'

세계적인 톱스타 엠마 캐머런과의 무대.

탑보이즈가 노리는 건 결과적으로 하나였다.

빌보드. 세계의 무대.

이번 기회를 통해 탑보이즈를 세계에 각인시키는 것.

조승현 실장의 생각도 같았다. 하지만, 정작 탑보이즈는 그 의견에 반대했다.

'전 그렇게 생각해요. 이 무대가 어디서 선보이든, 저희의 색을 잃어서는 안 된다고.'

상준이 곡을 만들며 가장 걱정했고 신경을 썼던 파트가 바로 이거였다. 엠마 캐머런의 위명과 색이 너무 짙었기 때문에 탑보이즈가 묻히게 되는 게 아닐까.

엠마 캐머런의 무대에 피처링을 하는 공연이 아니다.

함께 무대의 주인공이 되어야 하는 거지.

'한번 보여주려고요. 우리가 누군지, 어떤 음악을 하는지.'

패기 넘치는 탑보이즈의 도전. JS 내부에서도 의문을 표하는 사람이 많았지만, 결과적으로 주사위는 던져졌다.

"꺄아아아아!"

미국의 음악방송.

넓은 무대 위에 탑보이즈가 섰다.

하지만, 우려했던 일은 현실이 되었다.

"근데 탑보이즈가 누구야?"

"엠마 캐머런이랑 이번에 곡 같이 낸다며."

"으음, 그래서 누군데?"

이름을 떨치는 가수와 협업했을 때 신인 가수가 고정적으로 듣는 말이 있다.

―그래서 저 듣보잡은 누군데?

해외라고 다를 건 없었다.

송준희 매니저는 무대 아래에서 현지 여론을 살피며 눈살을 찌푸렸다.

―엠마 캐머런 오랜만에 신곡 낸대. 웬 한국 가수랑……?

└케이팝?

└ㅇㅇ

└오 유명한 가수랑?

ㄴ탑보이즈랑 낸다고 하는데?

ㄴ??????

ㄴ그게 누군데?

─엠마 캐머런 혼자서 캐리할 거 같은데. 저 처음 듣는 가수는
대체 누구야?

ㄴ피처링 아냐?

ㄴ한국에선 나름 유명하다는데

ㄴ난 처음 들어 정말로

ㄴ예전에 토크쇼 나왔었잖아. 노래 잘 부르던데?

ㄴ엠마가 더 잘 부르지

ㄴ아깝다 진짜;; 소속사는 무슨 생각인지?

이런 상황을 예상하지 못했던 것은 아니었다.

"엠마! 엠마! 엠마!"

"꺄아아아!"

한눈에 봐도 확실히 차이가 나는 인지도의 크기.

그럼에도 탑보이즈에겐 확신이 있었다.

'이 무대로 보여주면 되는 거잖아.'

지금 모여든 이 사람들을 전부 팬으로 만들 자신.

"시작합니다!"

함성 소리와 함께 스피커에서 음악이 흘러나왔다.

*　　　　*　　　　*

모두의 시선이 탑보이즈로 향했다.

그저 호기심에 찾아온 사람도 있지만 몇몇은 아니었다.

조금이라도 흠을 찾으려 덤벼드는 하이에나와 같은 눈빛들.

'우리는 너를 깔 준비가 됐어.'

마치 그렇게 말하는 듯한 살벌한 눈빛을 지나쳐 상준은 자연스럽게 미소를 지었다.

Show me a new story

너와 있을 때마다 자꾸만 떠오르잖아

「에피소드」.

드라마의 한 장면처럼 함께 있으면 새로운 에피소드가 떠오른다는 내용의 청량한 노래. 주로 하이틴 영화에 나올 법한 노래를 작곡하는 엠마 캐머런의 스타일과도 딱 맞아떨어지는 곡이었다.

"뭐야."

"노래 좋은데?"

첫 소절을 듣고도 느낌이 오는 노래가 있다.

알록달록한 이 세상 속 신기한 일들

마치 이 드라마의 주인공이 되어버린 것처럼

네 앞에선 자꾸 특별해져

도영은 부드러운 미소를 지으며 손으로 하트를 그렸다.

이 와중에도 끼가 넘쳐흐르는 눈빛. 긴장했던 멤버들도 도영을 따라 웃으며 무대를 즐기기 시작했다.

This is my episode
궁금하지 않아
들어볼래 이 이야기를

상준은 마이크를 손에 쥐고선 천천히 앞으로 걸어갔다.

엠마 캐머런과 합을 맞추는 파트. 상준의 목소리 위로 그녀가 부드럽게 화음을 깔았다.

"와, 미쳤는데."

전부 라이브였다.

격한 춤을 추고도 조금도 흔들리지 않는 탄탄한 보컬.

"꺄아아아!"

마치 파티의 한 장면을 촬영하듯 둘은 드라마 속 배역을 연기했다.

하이틴 영화의 파티에서 나란히 춤을 추는 두 주인공들. 상준은 씨익 웃으며 엠마에게 파트를 넘겼다.

You've come a long way
Through the city
Across the river

정신없이 탄성을 쏟아내던 관객들은 조용해졌다.

마치 드라마의 관객이 된 것처럼 이 에피소드에 완전히 빠져들었기 때문이었다.

It's like a scene in a drama
신기하지 않아
보여줄래 이 이야기를

관객들을 사로잡는 무대.
연습실에서 조승현 실장과 매니저가 동시에 느꼈던 그 감정을.
지금은 관객들이 느끼고 있었다.

'그래서 탑보이즈가 누군데?'

별생각 없이 내뱉었던 관객들도. 오늘 이후로 그들의 이름을
똑똑히 기억하게 될 터였다.
뉴욕의 한 뮤직 스튜디오를 뒤집어놓은 무대.
그 역사적인 무대의 주인공으로.
"와아아아."
그렇게 한 편의 드라마와 같은 무대가 끝이 나고.
"탑보이즈! 탑보이즈! 탑보이즈!"
"엠마! 엠마! 엠마!"
"꺄아아아아!"
관객들은 단체로 기립 박수를 쳤다.

*   *   *

탑보이즈와 엠마 캐머런의 생방송 무대는 전 세계에 생중계되었다. 혼신의 힘을 쏟아 준비했었던 무대는 마침내 빛을 발했다.

—엠마가 다 캐리한다던 사람 나와봐 ㅋㅋㅋㅋㅋ 전혀 밀리지 않는데?

 ㄴ무대 미쳤던데 ㄷㄷㄷ

 ㄴㄹㅇ 전설의 무대

 ㄴ해외 팬 장난 아니게 늘었다던데

 ㄴ조회수 봐봐 ㅋㅋㅋㅋㅋㅋㅋㅋ

 ㄴ1억 뷰 ㄷㄷㄷㄷㄷㄷㄷ

—와 이거 미친 거 아니야? 노래 진짜 엠마랑 개복치랑 작곡한 거임?

 ㄴ너무 자연스럽게 개복치라고 부르네 ㄷㄷ

 ㄴㅋㅋㅋㅋㅋㅋㅋㅋ

 ㄴ아니 근데 노래 진짜 너무 좋잖아

 ㄴ미쳤다는 말밖에 안 나오는 듯?

 ㄴ해외에서도 반응 엄청 좋던데? 까던 사람들 다 사라져 버림

—노래도 미쳤고 퍼포먼스도 미쳤고 뮤직비디오조차 완벽함

 ㄴJS가 진짜 각 잡았구나 그 생각듦

 ㄴ애들 열심히 연습한 티 난다 정말 다 쏟아붓네

 ㄴ아이고 잘했어 얘들아 ㅠㅠㅠㅠㅠㅠ

 ㄴ자랑스럽다 진짜

 ㄴ기죽지도 않고 잘하네!! 해외 음방은 처음일 텐데!!

흔히들 전설의 무대라고 부른다.

웬만한 무대가 SNS와 너튜브로 전달되는 요즘 시대에는 쉽게 있는 일은 아니었다.

미디어로 무대를 접했을 때는 현장에서 전달받았던 감동의 절반, 어쩌면 그 이하의 감정을 느끼게 된다. 어쩔 수 없다. 실제 그 자리에 있었던 게 아니니까.

그럼에도, 영상을 본 전 세계의 수많은 관객들을 매료시키기에도 충분한 무대였다. 아니, 어쩌면 더 넘쳤는지도 모른다.

"이게 말이 돼?"

"1억 뷰래요, 1억 뷰!"

JS 엔터는 말 그대로 난리가 났다.

광고 문의부터 각종 프로그램 제안까지 하루 종일 전화기가 쉬질 않아서였다.

홍보 팀은 강렬한 문구를 내세워 이번 곡의 매력을 전 세계로 퍼 나르고 있었고, A&R 팀은 내내 싱글벙글이었다.

이렇게 JS 엔터가 달아오른 적이 있었나 싶을 정도로 내부는 분주했다. 그건 탑보이즈도 마찬가지였다.

"와아아아!"

"다들 벌써 자축의 박수 치는 거야?"

"아니, 당연하죠."

곧바로 귀국하고 나서 가장 먼저 들은 소식은 국내 음원차트 1위였다.

진입 순위부터 1위를 찍어 버린 엄청난 기록. 이제는 1군 아이돌이라는 사실을 타 팬덤에서도 인정할 수밖에 없었다.

"이런 날도 오네요."

우여곡절은 많았지만 정신없이 요동치며 탑 위로 올라가던 시간들이었다. 추락하지 않기 위해 힘겹게 버텨왔지만, 이번 일로 탑보이즈는 확실히 한 계단 위로 올라섰다.

"형, 이거 봐봐."

"뭔데?"

"아니, 뷰 수. 계속 오르는데? 어떡하지, 우리 너무 인기 많아지는 거 아닐까."

도영은 잔뜩 신이 나서 쉬지 않고 말을 쏟아냈다.

"이제는 막 해외 가도 우리 알아볼지도 몰라. 헉, 혹시 저기 탑보이즈의 차도영 아닌가요? 꺄, 맞아요. 어떻게 아셨어요? 하, 싸인해 드리겠습니다. 쫙! 이러는 거지."

아주 그냥 신이 났다.

상준은 한쪽 손으로 귀를 조심스럽게 가리며 도영의 말을 필터링했다.

"형, 형? 내 말 듣고 있는 거 맞지?"

"유찬이가 듣고 있대."

"와, 이걸 왜 나한테 넘겨? 내가 무슨 도영 처리반이야?"

유찬은 머리를 긁적이면서도 웃음을 터뜨렸다. 사실 지금은 무슨 말을 주고받든 마냥 행복하기만 했다.

"무대 봤어요?"

상준은 익숙한 번호를 확인하고선 곧바로 자리에서 일어났다. 자동으로 입가에 미소가 걸렸다.

국제전화였다.

―당연히 봤죠.

하이톤의 목소리로 꺄르르 웃음을 터뜨리는 건 엠마 캐머런이었다.

"한국에서도 반응 진짜 좋아요."

―그럼요. 여기서도 그런데.

그녀가 말을 해주지 않아도 알았다. 이미 각종 해외 차트에서 1위를 달리고 있었으니.

정말 꿈만 같았다.

상준은 조심스럽게 공을 그녀에게 돌렸다.

"덕분이에요."

―저야말로요.

끝까지 겸손한 톱스타와의 전화 통화를 마치고, 상준은 흐뭇한 미소를 지으며 자리에 앉았다. 다음 주부터는 국내 음악방송부터 각종 라디오와 예능 스케줄까지, 상당히 바빠질 예정이다.

그렇게 몇 주간 국내 활동이 끝나면 바로 해외 활동을 이어갈 예정이고, 눈코 뜰 새 없이 바빠질 텐데도 누구 하나 지친 기색이 없었다.

"탑보이즈 파이팅!"

"와아아악!"

이미 최고의 텐션으로 뛰어놀고 있었으니까.

"이번 활동도 잘해보자."

"다음 앨범도."

"파이팅! 파이팅! 파이팅!"

그렇게 패기 넘치는 목소리로 실장실에서 외치고 있었을 때.

"실장님!"

벌컥―.

문을 열고 한 직원이 급하게 뛰어 들어왔다.

"저희……"

얼굴이 새하얗게 질린 모습. 멤버들의 시선이 일제히 그를 향했다. 그리고.

그의 입에서 튀어나온 말은 멤버들을 단체로 환희에 빠지게 하기에 충분했다.

"빌보드 올랐어요."

*　　　　*　　　　*

난생 첫 빌보드 입성. 가수 인생에서 한 번쯤 가능할까 싶었던 일을 해냈다고 들었을 때.

그 벅찬 감정은 이루 말할 수가 없었다.

"……."

그렇기에 그 말을 처음 들었을 땐, 단체로 침묵이 감돌았다. 누구 하나 먼저 입을 떼지 못하고 있었다.

'우리 빌보드 가면 어떨 거 같아?'

'행복하겠지. 장난 아니게 행복할걸?'

농담 삼아 그렇게 말을 던져왔지만.

막상 그 소식을 직접 귀로 들었을 때랑은 또 달랐다. 말로 형용할 수 없는 감정들이 함께했다.

울먹이던 멤버들도 있었고, 애써 태연한 얼굴로 눈물을 삼키던 멤버도 있었다.

이 자리에 오르기까지 얼마나 힘들게 달려왔는지 서로가 알기 때문이었다.

'빌보드라고……?'

빌보드 차트 3위.

첫 빌보드 등반 기록으로는 너무도 감사한 순위였다.

수많은 세계적인 가수들 사이에서 처음으로 이름을 각인시켰다는 게 처음에는 믿기질 않았다. 하루 종일 뛰고 구르며 난리 법석을 친 끝에.

지금 이 자리에 왔다.

JS의 단체 회식 자리.

"마셔라! 마셔라! 마셔라! 술이 들어간다, 쭉쭉쭉쭉!"

"와, 다들 신나신 거 봐."

"우리 제현이는 사이다가 좋아, 콜라가 좋아?"

"뭬."

제현은 괜히 소주병에 눈독을 들였다가 선우에게 제지당했다.

"형, 나 팬분들이 그러던데."

"뭐라고?"

"이슬만 먹게 생겼대."

"그건 그분들이 잘못 보신 거야."

그 이슬이 그 이슬도 아니란다.

선우는 침착한 목소리로 제현을 이해시키고는 소맥을 말았다.

"자, 실장님!"

"와아아아!"

가수 2팀의 회식 자리.

단체로 모인 직원들을 돌아보면서 조승현 실장은 비장의 카드를 꺼냈다.

"오늘 또 이렇게 기분이 좋은데."

"설마!"

"또 취하셨네."

"제가 쏩니다."

와아아아.

지난번에도 저러고 후회하셨던 것 같은데.

도영은 두 팔을 허공에서 흔들며 격하게 조승현 실장을 응원했다. 하지만, 예리한 유찬의 눈길은 그의 손에 들린 카드로 향했다.

"근데 실장님."

"어?"

"그거 법인카드 아니에요?"

지난번에 호되게 당해서인지 이번에는 아예 법인카드를 챙겨 왔다.

"이래서 눈치 빠른 애들은 싫다니까."

"아, 자연스러우시네."

"나 낚일 뻔했잖아, 제현아."

도영이 능청스럽게 던지는 말에 제현은 머리를 긁적였다.

"법인이 뭐야……?"

됐다.

조승현 실장은 손사래를 치며 손을 들었다.

"여기 1인분 추가해 주세요!"

"대표님이 쏩니다!"

"와아아악!"

도영은 정신없이 고기를 입에 쑤셔 넣으며 환호성을 질렀다. 그걸 물끄러미 바라보고 있던 송준희 매니저는 작게 중얼거렸다.

"역시……. 빌보드 가수는 전투적이야."

"네, 머라그요?"

먹느라 정신없어서 제대로 말하지 못한다. 상준은 황당하다는 듯이 웃으며 고기 한 점을 건넸다.

"천천히 먹어. 안 뺏어 먹는다."

"형은 뺏어 먹잖아."

"아, 미안."

생각해 보니 여기서 가장 성실히 먹는 사람들 중 하나가 상준이다.

"크흠."

상준은 멋쩍은 미소를 지으며 고개를 돌렸다.

그 순간, 이미 텐션이 오른 조승현 실장이 괴상한 아이디어를 꺼내놓았다.

"자, 다들 잠깐 먹는 거 좀 쉬고 집중해 봐."

"네엣!"

"뭔데요?"

상준과 도영은 동시에 그를 돌아보았다. 조 실장은 소주병에 숟가락을 꽂고선 상준에게 건넸다.

'아, 설마.'

「메디컬로맨스페이퍼」 때도 이미 한 번 했는데.

"건배사요?"

"그냥 소감?"

이번에는 절대 개복치를 위하여, 따위의 말은 안 할 거다.

상준은 굳게 다짐하며 자리에서 벌떡 일어났다.

"먼저 우리 리더님 말씀 들어봅시다."

"나?"

"선우! 선우! 선우!"

직원들까지 따라 외치니 환호성이 상당하다. 선우는 멋쩍은 웃음을 지으며 소주병을 건네받았다.

"다들 감사해요, 사랑하고. 부족한 리더여서 항상 미안해요. 그런데도 믿고 따라와 주는 멤버들과 JS 식구들 너무 고맙습니다."

"아니에요오오!"

"리더다! 이 시대의 참리더!"

선우다운 말이었다.

선우는 부드러운 미소를 짓고선 소주병 마이크를 제현에게 넘겼다.

우물우물.

그 와중에도 고기에 진심이었던 제현은 엄지손가락을 치켜들며 웅얼거렸다.

"맛있어요."

"그게 네 소감이야?"

"네, 지금 완전 진심인데."

그러고는 머리 위로 하트를 그린다.

"대표님을 위한 하트 같은데."

"제 생각에도 그래요."

아, 맛있어.

감탄하며 중얼거리는 제현을 보고선 피식 웃는 선우다. 자연스럽게 다음 마이크는 도영에게로 돌아갔다.

"와, 제가 진짜 처음 여기 들어왔을 때 기억나세요? 실장님? 팀장님, 기억나시죠."

"어어."

"저 그때 연습할 때 있잖아요. 처음에 유지연 선생님이 있잖아요."

처음 연습생이 되었던 순간부터 대서사시를 풀어놓으려는 도영이다.

"저 월말 평가 때 A 처음 받았을 때의 그 감격. 다들 기억나시나요."

"네 감격을 우리가 어떻게 기억해."

"아, 아무튼. 제가 데뷔 평가 처음에 떨어졌을 때는? 기억나시죠, 그땐."

이러다가는 안 끝날 거 같다. 보다 못한 유찬이 뒤에서 가볍게 도영을 처치했다.

"넥 슬라이스."

"…꾸엑."

이렇게 마이크는 유찬에게 넘어갔다.

도영과는 달리 침착하게 감사한 마음을 전하는 유찬. 깔끔한 말에 직원들 사이에서 박수가 튀어나왔다.

"그래, 다들 언제나처럼 초심 잃지 말고."

"네, 그래야죠!"

"와아아아!"

이렇게 덕담을 주고받다 보니 어느덧 상준의 차례가 됐다.

"개복치 작곡가님!"

"빌보드의 개복치!"

"크으, 아주 멋져. 탈인간적이야."

헛소리는 빠르게 흘려들으면 된다. 상준은 천천히 이 자리에 있는 사람들을 돌아보았다.

탑보이즈가 이 자리에 서기까지 무대 위에서든 뒤에서든 쉼없이 뛰어주었던 사람들이다. 연습생 때부터 봐서인지 이젠 낯선 땅에서 봐도 한눈에 알아볼 정도로 친근해진 사람들.

이들이 있어서 탑보이즈가 있었던 사실을 누구보다 잘 알기 때문에. 상준의 인사는 자연히 그쪽으로 향했다.

"여기에 있는 모두가 있어서, 이렇게 달릴 수 있었습니다."

"와아아아!"

상준은 씨익 웃으며 조승현 실장을 바라보았다.

"기적 같은 순간에 함께해 주셔서 감사합니다."

짠.

기분 좋은 소리와 함께 잔들이 서로 부딪혔다.

"멋지다아아!"

"다들 수고하셨습니다!"

다 함께 함성을 내지르며 마지막 말을 외쳤다.

"더 올라가 봅시다!"

모두가 알았다.

이제부터가 시작이라고.

전 세계에 탑보이즈의 이름을 알릴 때가 왔으니까.

제4장

우리라는 이름으로

빌보드 100 차트의 선정 기준은 크게 세 가지다.

해외 플랫폼의 스트리밍 수, 너튜브 조회수, 마지막으로 앨범 판매량과 라디오 방송 횟수까지.

'아무리 대단했어도 결국 엠마 덕분 아니야?'

대중들 사이에서 그런 말들이 나오는 것도 그 이유에서였다. 국내 음원 플랫폼이면 모를까 해외에서 뛰어난 성적을 거두는 것이 단순히 탑보이즈의 네임만으로는 쉽지 않았을 테니까.

하지만, 탑보이즈의 이전 타이틀곡들이 나란히 빌보드 차트에 이름을 올렸을 때, 그런 반응도 점차 수그라들었다.

—무대 퍼포먼스도 대박이고 좋은데?

ㄴ노래 자체가 너무 좋잖아

ㄴ엠마가 다 작곡한 건줄 알았는데 그건 아닌듯 느낌이 살아 있네

ㄴ윌리엄 로버츠가 추천한 아티스트 아냐?

ㄴ맞는 거 같은데?

ㄴ역시 그 사람 귀가 맞다니깐

ㄴ확실히 실력도 좋네요. 왜 엠마가 선택했는지 알 거 같은 느낌? 신인이라는 게 믿기질 않아요.

「모닝콜」, 「EIFFEL」부터 「ASK」까지. 탑보이즈의 이전 타이틀곡들이 해외 차트에서 나란히 역주행을 달렸고, 「BREAK DOWN」은 아이튠즈 순위에서도 상위권까지 올라섰다.

들뜬 마음으로 기사들을 찾아보던 순간, 거실에 틀어놓은 TV에서 익숙한 이름이 들려왔다.

"어?"

—네, 다음은 탑보이즈가 빌보드 100 차트에서 3위를 석권했다는 소식입니다.

"대박, 대박."

9시 뉴스.

웬만한 아이돌들도 평생 나와볼 일 없는 지상파 방송이 아닐까. 도영은 상기된 얼굴로 말을 쏟아냈다.

"저기 우리 나오는데?"

기자는 케이팝의 발전 양상과 함께 이번 앨범의 성과를 설명하고 있었다. 탑보이즈로서도 믿기지 않는 성과. 케이팝 가수들

중에서도 탑 5 안에 들 만한 놀라운 기록이었다.

특히 이 기록을 이제 데뷔 2년 차가 넘은 신인이 만들어냈다는 건 가히 기적이라 부를 수 있었다.

"와, 진짜 신기하다."

선우는 감격한 얼굴로 두 손을 모았다. 그런 선우를 보며 소파에 드러누워 있던 도영이 작게 중얼거렸다.

"그러게. 진짜로……. 뉴스는 두 번째로 나와 보네."

"두 번째?"

"언제?"

상준과 제현이 동시에 고개를 돌리자 도영이 피식 웃으며 말을 뱉었다.

"마이픽 때."

"아."

열심히 계란을 맞았던 마이픽 피디와 힘겨워하던 출연자들의 얼굴이 선명하게 떠오른다.

상준은 고개를 끄덕이며 미소를 지었다. 힘없이 당하기만 했던 소규모 소속사의 하운은 어디서나 인정받는 신예 배우가 되었고, 악마의 편집으로 힘들었던 상준도 데뷔해서 이 자리에 섰다.

참 많은 일들이 있었다.

저 조그만 네모 상자에서.

"뭐, 9시 뉴스는 잡혀 가는 쪽으로만 안 나오면 행복하지."

"켁."

상준의 말에 헛기침을 하는 도영. 상준은 피식 웃으며 정신없이 울려대는 휴대전화를 확인했다.

빌보드 차트에 오른 뒤로 얼마나 연락이 쏟아지는지 모르겠다. 친분이 별로 없는 가수들부터 배우, 개그맨까지. 과거와는 차원이 다른 인맥에 정신이 혼란스러워질 때도 있었지만.

"어?"

이렇게 반가운 연락들도 있다.

[뉴스 봤다! 크, 빌보드 가수 탑보이즈! 뭐야, 나 밥 사주냐?]

제 일처럼 신이 나서 밥부터 얻어먹으려는 드림스트릿의 태헌부터.

[ㅊㅋㅊㅋ]

와중에도 제 할 말만 툭 던지는 오르비스의 해강까지.

그 외에도 수정, 아린, 하운도 진심 가득한 축하 인사를 전하고 있었다. 상준은 흐뭇한 미소를 지으며 하나하나에 정성껏 답장을 보냈다.

[고맙다 다들]

'여기에 있는 모두가 있어서, 이렇게 달릴 수 있었습니다.'

JS 회식 때 상준이 꺼냈던 말은 단순히 JS 식구들만을 지칭하는 것은 아니었다. 힘들던 순간에도 항상 지탱해 주던 사람들이 있었기에 여기까지 달려온 것이었으니까.

"이런 날은 축하 파티 해야지."

"또?"

"매일이 파티지, 뭐. 선우 형, 다음 주 스케줄 봤지? 장난 아니던데. 오늘 한바탕 놀아야지."

"듣고 보니 그건 또 그렇구만."

"그렇지? 봐요, 내가 다 구구절절이 맞는 말만 한다니깐."

선우는 도영의 말에 고개를 끄덕이며 저녁 먹을 준비를 하기 시작했다.

"일단 먹고 싶은 거?"

"아, 그냥 시킬까?"

"나 족발!"

"치킨이지, 치킨. 생닭으로 시켜보자."

"차도영, 너 생닭으로 또 맞고 싶지."

"그럴 리가요. 살려주세요."

투닥대는 멤버들을 보면서 흐뭇하게 웃고 있던 상준.

"형."

그때, 상준의 상념을 제현이 깼다.

"유찬이 형 어디 갔어?"

"아, 맞네."

가만 보니 아까부터 유찬이 보이지 않는다. 요 앞에 편의점을 다녀오느라 잠깐 나간 줄 알았는데 아직까지 감감무소식이다.

"한 시간 됐나?"

"연습하러 갔대."

"연습실에?"

도영이 불쑥 던진 말에 상준은 의아한 얼굴이 되었다.

"걔가… 그렇게 성실했나?"

유찬아, 미안.

안타깝게도 이런 휴일에 혼자서 연습을 하고 있을 만큼 성실한 이미지는 아니라서. 상준은 속으로 중얼거리며 휴대전화를 꺼내 들었다.

띠리링—.

수신음이 들리지만 전화를 받지는 않는다.

뚝.

반대편에서 끊기는 소리와 함께 곧바로 문자가 온다.

[연습 중. 30분 안에 갈게.]

[○○ 선우가 배달시킨대]

"왜 전화는 또 안 받아."

상준은 어깨를 으쓱이며 작게 중얼거렸다.

"가만."

혼자서 연습하면 힘들 텐데.

오랜만에 동생 녀석이 저렇게 열심히 하는데 물이라도 챙겨서 데리고 와야 하는 거 아닌가.

잠깐 거기까지 생각이 미친 상준은 도영에게 말을 던졌다.

"나 유찬이 데리고 올게."

"오케이."

"물 있나?"

"우리 협찬받은 거는 잔뜩 있는데."

악마의 음료수 모스트.

광고 직후 협찬받은 걸 마시지도 않고 열심히 쌓아만 뒀다.

"저거나 챙길까."

유찬이를 응원해 주겠다는 명분이긴 하다. 상준은 해맑게 모스트 한 캔을 챙기고선 길을 나섰다.

"다 준비해 놔!"

추리닝 차림으로 급하게 JS 엔터로 향하는 길은 순식간이었다. 혹시 사생이 숙소 앞에 있을까 잠시 걱정했지만 우려하던 일은 없었다.

"어흑."

한달음에 달려서 JS 엔터 연습실에 도착한 상준은 3층으로 향했다.

탑보이즈가 주로 쓰는 연습실.

"유찬이네."

혼자 덩그러니 앉아 있는 유찬의 뒷모습이 유리문 너머로 보인다. 상준은 문을 벌컥 열어젖혔다.

"뭐야, 혼자 연습하고 있던 거야?"

"……!"

미세하게 떨리는 어깨를 확인한 상준이 성큼 다가서자, 유찬이 화들짝 놀란 모양새로 고개를 숙였다.

"어쩌다가 온 거야?"

"연습하고 있다고 해서. 슬슬 가자, 애들 기다린다."

상준은 손에 쥔 모스트를 들어 보이며 말을 던졌다.

그때.

'뭐지?'

느낌이 영 이상했다.

"너, 왜 그래."

은근슬쩍 상준의 눈을 피하는 태도. 그리고 미세하게 떨리는 목소리. 상준은 인상을 찌푸리며 말을 던졌다.

"너, 울었어?"

           *   *   *

처음에는 심장이 덜컥 내려앉았고, 그다음에는 안도로 바뀌었다.

"왜 울어?"

"별거 아니야."

"왜 그러는데."

"…행복해서."

상준은 황당하다는 듯이 웃음을 터뜨렸다. 다행히 저 표정을 보니 그게 빈말인 것 같지는 않았다.

여기서 혼자 있는 동안 데뷔곡부터 차르르 연습을 해봤는데, 갑자기 주마등처럼 지난 시간들이 떠올랐단다.

"아주 재밌게 노네. 누가 보면 내일 죽을 사람인 줄 알겠다."

"…하."

자기도 부끄러운지 푹 숙인 고개를 들지도 못한다.

"후."

간신히 진정된 후에야 유찬은 담담하게 말을 늘어놓았다.

"걱정이 많았거든."

사실 유찬의 걱정이라면 상준도 수없이 해왔던 종류의 것이었다.

　"언제까지 우리가 무대에 설 수 있을까."

　아이돌의 수명이 7년이라는 게 괜히 나온 말이 아니다. 대다수의 아이돌들이 7년 후에 재계약 기간이 찾아오고, 그때까지 인지도를 쌓지 못하면 이해관계가 틀어져 팀이 공중분해 되게 된다.

　그게 단순히 7년 차의 얘기일 뿐일까?

　아니다. 그 기간조차 채우지 못하는 아이돌이 대부분이다.

　팀의 명맥만 유지한 채 기약 없는 컴백기를 기다려야 하는 아이돌. 그나마 대중들에게 이름이라도 각인했으면 다행이다. 그조차도 못 한 사람들이 태반이니까.

　이름이 알려진 아이돌이라고 해서 몇 년이고 무대에 설 수 있는 것도 아니다. 예능이나 연기로 빠지지 않는 이상, 기본적으로 아이돌의 수명은 상당히 짧은 편이다.

　"그 위에서는 참 행복한데."

　무대에 서고 싶어서 이 직업을 택했다.

　유찬은 미소를 지은 채 작게 중얼거렸다.

　"가장 빛나는 직업이지만 가장 외로운 직업이잖아."

　잊히지 않기 위해 정신없이 달려야 하는 일.

　그럼에도 지금까지 잘해왔으니 이렇게 마주 보고 앉아 있는 게 아닐까.

　상준은 담담한 목소리로 한마디를 뱉었다.

　"…수고했다."

　웃으며 상준이 건넨 음료수를 받아 든 유찬. 별생각 없이 한 모금을 삼킨 유찬의 표정이 싸늘해졌다.

"…망할."

"정색하지 마. 무서워, 너."

"이거 뭔데."

망할 음료수.

"크흠."

"아, 진짜. 아, 완전 짜증나!"

오늘도 탑보이즈는 어김없이 화목했다.

*   *   *

"꺄아아아!"

함성 소리가 방송국 뒤편을 가득 채웠다.

입국 후 2주 간 국내 음악방송에 출연하느라 잠시도 쉴 새가 없었다.

오늘 무대도 흐트러짐 없이 완벽히 마무리했다.

─해외 연예인빨 아님?

ㄴ엠마 없이 무대 설 수 있나?

ㄴ엄청 허전할 거 같은데 ㅋㅋ

ㄴ원본을 편곡해서 부를 거 아냐

ㄴㅋㅋㅋㅋㅋㅋㅋㅋㅋㅋ

ㄴ비교되겠다 겁나

국내 음악방송 스케줄이 잡혔을 때, 이 정도의 여론은 예상하고 있었다. 엠마 캐머런과 함께 국내 방송을 뛸 수는 없으니, 원곡을 편곡해서 탑보이즈가 전부 소화해야 하는 상황이었다. 엠마의 빈자리가 크게 느껴질 거라고 단언하던 악플러들의 말과는 달리, 무대 반응은 엄청났다.

　—빈자리? 응 하나도 안 느껴졌음 ㅋㅋㅋㅋㅋㅋ
　ㄴ와 다섯이어도 완전 잘하네
　ㄴ원곡 느낌 그대론데? 아니, 오히려 더 좋은 거 같음 ㅇㅇ
　ㄴㅇㅈ
　ㄴ원래 5인조니까 당연한 거 아닌가 ㅋㅋㅋㅋ

　어차피 그래도 깔 사람은 까겠지만, 이제는 탑보이즈를 응원하는 사람들이 배로 많았다.

"와, 대박."

끝이 보이지 않는 인파를 확인한 상준은 저도 모르게 탄성을 터뜨렸다. 팬들이 많아진 게 체감이 날 정도로 음악방송이 끝나자마자 팬들과 기자들이 몰려들었다.

"안녕하세요, 탑보이즈입니다!"

"잘 부탁드립니다!"

상준은 하나하나 눈을 맞춰주며 웃어 보였다. 그렇게 정신없이 이곳저곳을 향해 손을 흔들고 있을 무렵.

'어?'

상준의 눈에 낯설지 않은 얼굴이 들어왔다.

'그때 그……'

상운의 팬이었던 여학생. 이제는 정말 밝아 보이는 모습이다.

팬까지 되어버렸다는 말이 진심이었는지 이쪽을 향해 방방 뛰고 있다.

"반가워요."

상준은 미소를 지으며 손을 흔들고선 인파를 뚫고 지나갔다.

"지나갈게요!"

"꺄아아아아!"

팬들을 하나하나 챙기며 최대한 멋있는 모습으로 차에 타는 멤버들. 이것이 아이돌 탑보이즈의 모습이라면.

"꾸에엑……."

"왜 그렇게 혼이 나갔어."

"나 완전 슈퍼스타 된 기분이야. 하, 이 세상 사람들이 내 매력을 다 알아버렸어……."

이건 본연의 모습이다.

상준은 혀를 차며 조잘대는 도영을 돌아보았다. 여느 때처럼 황당하다는 듯 웃어젖히던 송준희 매니저는 고개를 돌리며 서류를 건넸다.

"이건 뭐예요?"

아무 설명 없이 건네준 두툼한 서류.

선우가 의아한 얼굴로 묻자, 더 알 수 없는 말이 돌아왔다.

"우리 팀 브레인이 누구지?"

*　　　　*　　　　*

우리 팀 브레인이 누구냐니.

모호한 송준희 매니저의 질문에 곧바로 눈을 반짝이는 사람이 있었다. 아니나 다를까, 도영이었다.

"차도영이요!"

도영이 번쩍 손을 들자마자 막대 사탕을 물고 있던 제현은 다급히 선우의 어깨를 쳤다.

"헐. 형, 저기 봐."

"왜?"

무슨 일이라도 난 사람처럼 심각한 한마디에, 도영도 놀란 눈으로 고개를 돌렸다. 하지만, 제현의 입에서 흘러나온 말은 사뭇 냉정했다.

"지나가던 개가 웃었어……."

"뭐, 이 자식아?"

"개소리긴 했지……."

유찬은 제현의 말에 공감하며 격하게 고개를 끄덕였다. 다른 사람이면 몰라도 차도영이 탑보이즈의 브레인이라니, 확실히 지나가던 개가 웃을 소리이긴 했다.

"아, 미치겠다."

"아니, 다들 왜 웃는데."

"매니저님, 도영이가 머리가 없는 줄 알았는데 양심도 없는 거 같아요."

"하?"

유찬의 옆에서 정신없이 웃어대던 선우는 송준희 매니저에게 물었다. 생각해 보니 영 뜬금없는 질문이었기 때문이었다.

"근데 갑자기 왜요?"

"너네 리얼리티 잡혔거든."

"리얼리티……?"

이번 싱글앨범이 크게 성공을 거두면서 JS 엔터에서 기획했던 리얼리티가 있었다. 전 세계 각국에서 시청할 수 있는 생방송 리얼리티.

'무료 콘텐츠가 돈이 된다고?'

많은 사람들은 그렇게 의문을 표하겠지만 단언할 수 있다. 무료 콘텐츠는 돈이 된다. 탑보이즈의 캐릭터를 확실히 선보여서 전 세계에 그 이름을 알린다면 앞으로의 활동에도 큰 발판이 될 테니까.

KPOP의 해외 진출이 확대되면서 브랜드는 더욱 중요해졌다.

신비주의 아이돌을 고수하던 과거 아이돌과는 달라졌다는 의미였다.

'장기적으로 생각해 봤을 땐, 충분히 할 만한 프로그램인 거 같아요.'

다양하고 신박한 콘텐츠를 팬들에게 제공하려는 데엔 이런 이유가 따랐다. 연예계에서 롱런하려면 누구보다 확실한 캐릭터로 주목받아야 한다. 글로벌 시장을 겨냥하려면 더더욱 그렇다.

스쳐 지나가는 수많은 KPOP 가수들 사이에서 기억되는 것.

엠마 캐머런과의 협업은 그 자체로 든든한 지원이 되었지만, 언제까지고 해외 아티스트의 도움을 받을 수는 없었다.

탑보이즈를 해외에서 브랜드화하여 팬덤을 모으는 것.

KPOP을 가볍게 즐기는 해외 팬들을 완전히 탑보이즈의 팬으로 사로잡는 것.

이번 리얼리티의 목표는 그랬다.

"그것도 아주 독특한 포맷으로."

"와, 벌써 불안해요."

"…아, 집 가고 싶다."

물론 조승현 실장에게 이미 수없이 당한 탑보이즈가 달가워할 리는 없었다. 상준은 침을 삼키며 무릎 위의 서류를 펼쳤다.

이번 기획안이 써 있는 서류.

기획안을 확인한 상준의 두 눈이 이내 동그레졌다.

"이런 걸 한다고요?"

*   *   *

전 세계 라이브 리얼리티 프로그램.

물 들어올 때 노 젓자고 JS 엔터에서 내놓은 제안이지만.

'물 들어올 때 노를 저어서… 산으로 간 건가?'

걱정은 됐다. 아주 많이.

엄청난 스케일의 리얼리티였으니까.

"방 탈출 리얼리티라니."

상준은 머리를 긁적이며 조승현 실장을 돌아보았다. 송준희 매니저에게 전해 들은 기상천외한 계획을 정말 할 생각인지, 이렇게 모두들 회의실에 모였다.

"괜찮지 않나?"

조승현 실장은 멤버들 하나하나에게 의견을 물었다.

"선우는?"

"으음. 혹시 방 탈출만 나오는 건가요?"

"아니, 그런건 아니고. 추가로 할 만한 게임들 몇 개는 뽑아놨어. 너네가 한번 훑어보고 괜찮은 거 고르도록."

방을 전부 탈출하면 바비큐장에 모여서 미니 게임도 할 예정이란다.

동생들은 바비큐라는 단어에 꽂힌 거 같았지만.

"저는 무조건 찬성이요."

"밥 주면 시키는 대로 잘해요."

"저도!"

멤버들에게 Q&A라든가 다른 프로에서도 쉽게 접했던 미니게임들이야 크게 걱정이 없었다. 문제는 이 리얼리티의 메인 프로그램이지.

"너네 잘할 자신 있어?"

상준 역시 선우의 걱정과 생각이 같았다.

"그… 괜찮긴 한데요."

가장 걸리는 점은 딱 하나였다.

라이브로 진행하고 추후 편집해서 무료로 내놓을 예정이라는, 기획안 속 문구.

"라이브라니."

"어떤 거 같아, 제현이는."

"으음."

갑자기 의견을 물어보니 선뜻 답이 나오질 않는다. 제현은 금

세 고민하는 얼굴이 되었다. 턱을 쓸어내리며 고개를 떨군 제현은 한참 뒤에 의미심장하게 말을 던졌다.

"근데 형."

"어어."

"방 탈출은 어떻게 하는 건데? 문 부수면 돼?"

문을 부순다니.

"그거 세트가 얼만데, 제현아."

"허억. 얼만데요?"

"비싸. 많이… 비싸."

힘으로 뚫고 들어가는 콘텐츠라. 확실히 신박하긴 하지만 JS 엔터에서 원하던 그림은 아니었다.

"와, 실장님."

상준은 제현을 힐끗 돌아보며 다급히 말을 덧붙였다.

"봐봐요, 들으셨죠?"

"못 들은 걸로 할란다."

조승현 실장은 헛기침을 하며 외면했다.

더한 문제는 그걸 들은 도영이 두 눈을 반짝이고 있다는 점이었다.

"왜? 괜찮은 거 같은데? 이야, 너 천재다."

"그렇지?"

"일단 부수면 열리겠지. 자물쇠도."

"도영아, 자물쇠는 철이잖아."

역시나 근거 없는 허세가 돌아왔다. 도영은 두 팔을 걷어붙이며 피식 웃음을 흘렸다.

"하, 형. 설마 그거 못 하는 거야?"

"야, 제현아. 저기 개가 웃는데?"

"내가 그랬잖아. 어제부터 저 개가 도영이 형 따라다닌다고. 개소리만 골라 해서."

다른 멤버들이 격하게 도영을 뜯어말렸지만 허세는 이어졌다.

"아, 좀 녹슨 걸로 준비해 주세요. 크, 아셨죠?"

"어림도 없을 거 같은데."

차라리 연장을 들고 와서 다 부수고 들어간다면 이해하겠다만. 불타오르는 열정을 보니 실제로 할 것도 같았다.

대충 멤버들의 대화를 훑어만 봐도 알 수 있다.

이 라이브가 얼마나 위험한가를.

상준은 좌우에 앉아 있는 제현과 도영을 번갈아 바라보며 손을 들었다.

"다 좋긴 좋은데……."

"그래."

"라이브로 저희의 멍청함이 드러날 거 같아요."

그게 문제였다.

*　　　　*　　　　*

멍청함도 매력이란다.

JS 엔터가 백치미를 추구하는 바람에 결국 리얼리티는 땅땅땅, 한 번에 처리됐다.

그리고.

리얼리티 티저가 너튜브와 유이앱을 통해 공개되자마자 팬들은 한바탕 난리가 났다.

「탑보이즈 새 리얼리티, KNET과 협동 방송」
「탑보이즈 리얼리티 'THE ROOM' 티저 공개, 색다른 리얼리티 선보여」

싱글앨범 음악 활동이 끝나자마자 이어질 정식 활동인 데다가 KNET에서 지원해 준 덕분에 TV로도 방송될 예정이었다. 거기다가 해외 각종 방송사에 판권까지 팔았다니. 아이돌 예능치고는 상당한 스케일이었다.

억 소리 나는 제작비도 한몫했다.

JS 엔터가 쓸데없는 데에 무리수를 둔 게 아니냐는 소리까지 나올 정도로.

─아니, 이게 뭔데??? 방 탈출 리얼리티?

└아니, 방 탈출은 리얼리티 파트 중에서 하나긴 한데… 모르겠다 나머지는 선공개 안 된 거 같은데?

└제작비 2억 ㄷㄷㄷㄷㄷㄷ

└미친 건가 ㅋㅋㅋㅋㅋㅋㅋ

└스케일 하나는 죽여주네

└다음 앨범 부담 오지겠다 ㄷㄷ 대놓고 블랙빈이 아니라 탑보이즈를 밀어주네

└앨범 성적이 더 좋긴 함 ㅇㅇ 이건 팩트

─아니……. 근데 저는 분명 리얼리티래서 고기 굽고 잔디밭에서 뛰어놀 줄 알았는데……. 우리 애들이 왜 갇혀 있죠?

ㄴㅋㅋㅋㅋㅋㅋㅋㅋㅋㅋㅋㅋㅋ

ㄴ진짜 감금 방송이냐고 ㅋㅋㅋㅋ

ㄴ심지어 제현이는 감옥 세트에 갇혀 있어 ㄷㄷ

ㄴJS 엔터 가만 보면……. 꼭 잘나가다가 산으로 감

ㄴㄹㅇㅋㅋ

—이야 돈을 이상한 데다가 쏟아붓네 ㅠㅠ 제발 JS 정신 차려

ㄴ왜!! 오랜만의 리얼리티잖아~~ 그냥 감사합니다, 하자

ㄴ애들 얼굴 보는 게 어디냐……. 그래도 해외 활동만 하지 않고 국내도 봐줘서 너무 좋다…….

ㄴ끄아아아아ㅏ 기대합니다다ㅏ아아

ㄴ!!!

뜬금없는 리얼리티에 의아해하는 팬들도 있었지만 이런 리얼리티가 만들어졌다는 거 자체에 즐거워하는 팬들도 많았다.

덕분에 리얼리티를 준비하는 상준도 훨씬 분주해졌다.

"가만 보자."

같은 시각.

상준은 재능 서고에 들어서서 책장을 훑고 있었다.

이미 티저 촬영을 위해 현장은 한 번 다녀왔었다. 제대로 된 단서도 얻지 못한 채, 딱 첫 번째 방만 10분 들어갔다 나온 게 전부였지만.

"한눈에 봐도 어렵던데."

확실한 건 그냥 갔다간 백치미를 면치 못 할 거라는 사실이었다. 상준은 작게 중얼거리며 턱을 쓸어내렸다.

"으음. 뭐를 챙길까."

도영과 제현이 열심히 삽질을 하고 있을 게 분명하니 자신이라도 정신을 똑바로 차려야 한다. 백치미는 둘이면 충분하다.

"나까지 그 난리면 동치미지……."

상준은 유심히 서고에 뽑아둔 리스트를 살폈다.

취할 건 취하고, 자리를 차지하는 건 과감히 버려둔다.

「피타고라스의 정리—입문편」.

별로 배우고 싶은 비주얼은 아니지만 어쩔 수 없다.

"수학……. 필요하지."

방 탈출에 필요할 만한 건 일단 다 때려 박았다. 상준은 머리를 긁적이며 한 걸음 뒤로 물러섰다. 그 순간, 익숙한 책장이 상준의 눈에 들어왔다.

SOS와 2—1.

"무슨 의미일까."

아직까지도 찾아내지 못했다. 상준은 짧게 한숨을 내쉬고선 재능 서고의 문을 열어젖혔다.

'다음에는 꼭…….'

슬슬 멤버들이 찾을 시간이다.

내일은 촬영이고.

"……."

쾅.

재능 리스트를 모두 담은 상준의 발걸음은 미묘하게 무거웠다.

*   *   *

탑보이즈의 리얼리티 「THE ROOM」.

앨범을 준비하는 기간에 너튜브나 유이앱을 통해 꾸준히 소통해 온 데다가 리얼리티를 처음 선보였던 것도 아니었다.

하지만, 스케일 때문일까.

댓글창은 벌써부터 뜨겁게 달아올라 있었다.

—오늘 시작하는 거야????????

—라이브잖아 라이브

—타 팬인데 스케일 궁금해서 들어와 봄 ㅋㅋㅋㅋ

—아 진짜 궁금하긴 하다 역대급 스케일 같긴 함 아이돌 리얼리티 중에선

—두근두근

—온탑 소리 질러어ㅓ엉

벌써부터 동시 접속자 수가 20만이 넘어가고 있었다.

상준은 싱긋 웃으며 팬들을 향해 손을 흔들었다.

—꺄아아아아ㅏㅇ

—시작하는 거야? 그런가 본데?

—손 흔드러 줘따!!!!

라이브 방송이니만큼 룰이 따로 있었다. 팬들이 답을 알려주는 걸 방지하기 위해서 이제부턴 소통이 아예 안 된다. 순전히

탑보이즈의 힘으로 이 방을 탈출해야 한다는 의미.

"와."

JS 엔터에서 상당한 제작비를 들였다는 말은 엄청난 규모의 세트만 봐도 알 수 있었다. 상준은 온통 검은색으로 칠해진 엘리베이터에 올랐다.

삐.

어차피 누를 수 있는 건 2층뿐.

위이잉. 덜컹.

엘리베이터가 도착하자마자 상준은 천천히 발걸음을 뗐다.

저벅저벅.

멤버들은 각자 다른 방에 있을 테니, 지금 이곳에는 오직 상준의 발소리밖에 들리지 않는다.

지켜보는 팬들도, 만반의 준비를 하고 온 상준도 떨리는 순간.

3:00.

빨간 글씨로 쓰인 전광판이 반짝였다.

그와 동시에 시간이 돌아가기 시작한다.

"후, 갑니다!"

앞으로 3시간.

그리고.

상상도 못 한 개판이 펼쳐졌다.

*　　　*　　　*

카메라의 빨간 불빛이 켜지자마자 상준은 한 걸음 발을 내디뎠다.

―이거 뭐임???
―와 근데 진짜 잘 만들어놓긴 했다
―ㅋㅋㅋㅋㅋㅋㅋ와 스케일
―진짜 방 같아

음악가의 방.
리허설 때 스쳐 지나가듯이 본 게 전부였지만, 이렇게 다시 찾아오니 그 중압감부터 다르다.
상준은 천천히 방에 붙은 포스터들을 살폈다.
"와, 나 잘 나온 거 봐."
"……."
"잘생겼다."
물론 혼자 있을 때도 자기애 넘치는 혼잣말은 함께한다.

―ㅋㅋㅋㅋㅋㅋㅋㅋㅋㅋㅋㅋㅋㅋ
―와 실시간으로 소통이 안 되는 게 답답하네 겁나 놀려주고 싶은데 ㅋㅋㅋㅋ
―캬 자신감 봐라 ㄸ
―너무 뻔뻔해서 라면 먹다가 뿜었음

상준은 본인의 얼굴이 나온 포스터를 흐뭇하게 바라보고선 다시 시계를 확인했다. 혼자서 포스터에 심취하고 있던 와중에도 시간은 흐르고 있었다.

'정신 차려야지.'

상준의 목적은 그저 미션의 성공만은 아니었다.

단순한 도영이나 제현은 바비큐 파티만 바라보고 최선을 다하고 있을 게 뻔했지만…….

'꼭 최선을 다한다고 잘하는 건 아니지.'

그 둘의 머리를 전혀 믿지 않는다.

고로, 상준의 목적은 분량이다. 나머지 뻘짓은 동생들이 하고 있을 테니, 적어도 추리하는 척이라도 보여줘야 하지 않을까. 명색이 방 탈출인데 말이다.

"이게 뭘까."

피아노 건반과 벽에 세워 둔 기타까지.

주황색으로 물든 방을 본 상준은 피식 웃음을 흘렸다.

"이거 진짜 비슷하네."

데뷔 앨범 '모닝콜'의 MV 촬영장이랑 똑같이 생겼다. 방 탈출 프로그램만 아니었어도 그냥 평범한 뮤비 촬영장이라고 생각했을 터였다. 상준은 오랜만에 보는 당근을 한 번 흔들어주고는 다시 미션에 집중했다.

"키보드는 멀쩡한 거 같고."

책장?

벽에 붙어 있는 책장이 조금 수상해 보이긴 하지만.

"으음, 아닌 거 같은데."

자연스레 상준의 시선은 포스터로 향했다.

빨간색 공에 파묻힌 제현의 포스터.

초록빛 잔디밭에서 뛰어놀고 있는 'ASK' 활동 당시의 포스터.

마지막으로 축구공을 든 채 서로 놀고 있는 도영과 유찬의 모습이 담긴 포스터까지.

"이건가."

저 포스터가 첫 번째 단서를 나타내는 거라면.

—머야???

—저는 멍청했던 거 같아요

—뭔가 알아챈 거 같은데???

—아니, 이거 쉽잖아;; 온탑들 다 바보야?

—윗댓 말념심!!!!

—사실 나는 바보였어 헤헤

—ㅋㅋㅋㅋㅋㅋ반전이네

몇몇은 답은 눈치챈 거 같았고 몇몇은 감도 못 잡고 있는 것 같지만, 온탑의 상황을 확인할 수 없었던 상준은 문제에 집중할 뿐이었다.

그리고.

상준의 눈이 서랍으로 향했다.

첫 번째 자물쇠.

[RGB 값을 입력하시오.]

상준이 가장 먼저 떠올렸던 건 포스터 속의 사람 수였다.

색깔과 간단하게 매칭만 한다면야.

"쉬운데?"

152.

달그락 거리는 소리와 함께 자물쇠를 돌리던 순간.

딸각.

기분 좋은 소리와 함께.

"어?"

미세한 진동이 일었다.

"이쪽이었어?"

—머임?????? 머임??????

—와 신기해 나 방 탈출 처음 봐!

—아 진짜 스케일 미쳤네 ㅋㅋㅋㅋㅋ

—바로 맞힌 것도 놀라운데 방 더 있음?

—다른 애들 지금 뭐 하고 있으려나?

—저 제현이 삽질하고 있다는 소식 들려오는데요?

건반 뒤에 위치해 있던 책장이 흔들리자, 상준은 천천히 다가섰다.

드르륵.

"와."

상준의 예상이 맞았다.

스윽 밀자마자 곧바로 열리는 문.

별생각 없이 발을 디디려던 상준은 이내 눈살을 찌푸렸다.

"이건 뭐야."

전혀 상상도 못 한 광경이 상준을 사로잡았기 때문이었다.

*   *   *

—상준이 벌써 첫 번째 방 풀었대!!!!

—제현아 머 해!!!!

—아 귀여워 진짜 ㅋㅋㅋㅋㅋㅋㅋ

—이 방은 왜 이렇게 훈훈해요?

—내 말이 ㅋㅋㅋㅋㅋㅋ

—커엽게 팬들이랑 노는 중

같은 시각.

제현은 여유롭게 감옥 구석에 쭈그려 앉아 있었다.

이번 탑보이즈의 리얼리티 「THE ROOM」이 라이브로 진행되는 만큼, 온탑들은 다섯 멤버의 라이브 방송에 각각 들어갈 수 있었다. 그중에서도 제현의 시청자 수는 상준과 도영 다음으로 높았다.

거기엔 그럴 만한 이유가 있었다.

"여러분, 저 갇혔어요."

어차피 팬들의 댓글이 보이지도 않을 텐데 신나게 소통하고 있는 저 순수함.

"근데 배고픈데, 일단 이거 먹고 시작할게요."

소품으로 준비된 빵 봉지부터 일단 집어 들고 보는 제현이다.

"제가 카스텔라를 별로 좋아하진 않거든요. 이건 선우 형이 좋아하는데, 아무튼 먹고살아야 하니까 먹어볼게요. 알았죠?"

—먹고살아야 하니까 ㅋㅋㅋㅋㅋㅋㅋ
—아니, 애 내보내 줘 ㅋㅋㅋㅋㅋ 너무 순진하게 갇혀 있잖아
—흑흑 판사님 저희 제현이가 뭘 잘못했나요
—너무 귀여웠던 죄… 아닐까?
—뭐야 뒤늦게 들어왔는데 여기 왜 먹방 방송이에요???

아이돌의 본능은 뛰어났다. 이 와중에도 팬들과 소통하고 있
는 태연함이라니. 제현은 빵을 한 입 베어 물어 오물거리며 말을
이어나갔다.
"근데 제가 딱히 잘못한 건 없거든요. 이렇게 잡혀 와서 억울해요."
흐음.
제현은 턱을 괸 채 잠시 본인이 잘못한 일들을 떠올려 냈다.
"상준이 형한테 개복치처럼 생겼다고 놀린 거랑……. 도영이
형 꾸엑거리면서 잘 때 몰래 때린 거?"

—????????

"선우 형이 청소하랬는데 누워서 잤어요. 그리고 으음……. 저
진짜 착하게 살긴 했는데요. 유찬이 형이 숨겨두고 있던 과자는
제가 뺏어 먹었어요."

—생각보다… 많은 걸 했구나?

—아 ㅋㅋㅋㅋㅋㅋㅋㅋㅋ

—고해성사 채널인가요?

"매니저님! 말 안 들어서 죄송해요!"

—ㅋㅋㅋㅋㅋㅋㅋㅋㅋ이게 뭔데

—갇힌 곳을 탈출하랬더니 카메라 붙잡고 떠드는 채널입니다

—갇힌 이유를 찾지 말고 탈출하라고!!!

—방 탈출 알바생 2년 차인데 저런 친구는 처음 봄 ㅇㅇ

"후, 어렵네요……. 저는 글렀어요, 여러분."

제현은 빠르게 포기했다. 아무리 머리를 굴려봐도 일단 이 감옥 같은 곳에서 나갈 수 있을 거 같진 않았다. 하필 테마도 감옥이다.

일단 여기를 나가야 화려한 빨간 카펫이 수놓아져 있는 저 방으로 향할 수 있을 텐데.

'내 머리로는 힘든데.'

설마 리얼리티가 끝나도 가둬두진 않겠지?

"헉."

거기까지 생각이 미치자 제현은 식겁했다.

제현이 놀란 얼굴로 벌떡 일어서자 팬들도 따라 놀랐다.

—머야

—무슨 일 있음????

"아니, 이거 아껴 먹어야겠네."

제현은 정신없이 먹던 카스텔라를 바닥에 내려놓았다.

"비상 식량이에요."

굶어 죽으면 안 되니까.

제현의 진지한 한마디에 한참 동안 댓글은 팬들의 웃음소리로 도배됐다.

—ㅋㅋㅋㅋㅋㅋㅋㅋㅋㅋㅋㅋㅋㅋ

—미치겠다 ㅋㅋㅋㅋㅋㅋ

—아예 여기서 상준그릴스에 이어 제현그릴스 2탄 찍어줘!

—기다려! 상준이가 구하러 올 거야!

그렇게 아무 생각 없이 바닥에 내려놓은 빵 봉지에 자물쇠 비밀번호가 적혀 있는 것도 모른 채, 제현은 다시 명상에 잠겼다.

"분명 나만 멍청하진 않을 거야."

그나마 위안이 되는, 아주 든든한 형이 하나 있다.

"도영이 형은 얼마나 멍청할까……?"

＊　　　　＊　　　　＊

유감스럽게도 제현의 예상은 정확히 맞아떨어졌다.

상준이 첫 번째 방을 통과하고, 제현이 눈물 젖은 빵을 흡입하고 있을 때.

이쪽은 격투기의 한 장면을 찍고 있었다.

—아 ㅋㅋㅋㅋㅋㅋㅋㅋㅋㅋㅋ

—여기는 힘으로 밀어붙이나요!!

—이게 머임 진짜로 ㅋㅋㅋㅋ 개그 코너였어?

—제현이가 여기 상황 정확히 예측한 게 킬포임 ㅋㅋㅋ

"으아아아악!"

도영은 굳게 닫힌 벽을 향해 달려들었다.

"꾸엑!"

후.

도영은 앞으로 고꾸라지며 자물쇠를 노려보았다.

'방 탈출은 어떻게 하는 건데? 문 부수면 돼?'

'일단 부수면 열리겠지. 자물쇠도.'

제현과 해맑게 나누었던 대화를 몸소 실천하고 있는 상황. 팬
들은 웃느라 정신이 없었다.

"하, 실장님. 너무해."

도영은 짧게 한숨을 내쉬며 작게 중얼거렸다.

"녹슨 자물쇠 끼워 넣어준다고 딜 했잖아요! 거참, 사람이 쩨
쩨하게."

—도영아!!!! 한 번 데!!!! 한 번 데!!

—할 수 있다!!! 강철 도영! 자물쇠 문을 부숴 버리자!

—으쌰! 으쌰!

—최강 체력 차도영어어어어ㅓ엉

—여기는 팬들도 텐션이 미쳤는데?

—딴 방이랑 팬들 성격 다른 거 봐 ㄷㄷㄷ

꽤 많은 비중으로 보이는 해외 팬들조차 텐션이 장난이 아니었다.

—Ohhhhhhhhhhhhhh!!!!

—무서워 나 여기서 나갈래

—아 절대 못 나가죠? 들어올 때는 마음대로 들어왔어도! 차도
영의 가호가 있는 이 방은, 함부로 못 나갑니다아아

—진짜 무서워;;

차분하게 문제를 함께 풀어보려 애쓰는 선우와 유찬의 방과
는 전혀 다른 모양새였다. 상준은 팬들이 풀기도 전에 혼자서
다 풀어가고 있었고.

그런데, 대체 여기는.

팬들조차 문제를 풀고 있지 않았다.

"하, 여러분. 방금 봤죠? 문 흔들렸죠? 봤습니까아아?"

—봤어요오오오오오!!!

—부순다! 부순다! 부순다!

—쌉가능이야 도영아!!!

—한 번 더 달리면 되는 부분? 네 그러쎂니다!

─차도영을 믿습니다아앗

도영은 뿌듯함에 미소를 흘리며 문을 똑바로 바라보았다.
"아, 왠지 기분 좋은 느낌이 들어요. 이번에는 정말 탈출할 거
같아요."
하나, 둘, 셋!

─가즈아아아아아아ㅇ
─꺄아아아아!!!

"꾸에엑!"
당연히 어림도 없었다.

                    *   *   *

"도영이 설마 문 부수고 있는 건가?"
쾅쾅.
아까부터 층간소음이 장난 아니다.
상준은 불안한 생각을 하며 눈살을 찌푸렸다.
"설마 아니겠지?"
팬들의 댓글을 볼 수 없는 상태라 한층 더 불안해졌다. 그 와
중에도 다급한 팬들의 댓글은 이어졌지만…….

─어……. 상준아……. 정말 문 부수고 있어…….

―아ㅋㅋㅋㅋㅋㅋ 여기서도 쾅쾅거리네
―차도영 존재감 무슨 일 ㅋㅋㅋㅋㅋㅋ

"아니겠죠."
하하.
상준은 머쓱한 미소를 지으며 눈앞의 거대한 세트를 바라보았다.
괜히 문이 열렸을 때 놀란 게 아니었다.
'이 스케일 뭔데.'
상당한 크기의 수영장. 그리고 물 위에 가지런히 놓인 발판까지.
"와."
영화 세트처럼 차원이 다른 스케일에 상준은 기겁했다.
더 기겁한 이유는…….
'어려워 보이잖아!'
JS 엔터에서 단단히 난이도를 조절한 게 분명했다.
도영과 제현의 방과는 다르게 난이도 자체가 달랐다. 그나마
머리를 쓸 법한 멤버 셋. 그러니, 선우와 유찬, 마지막으로 상준
까지만 방을 두 개 준비했던 JS 엔터였다.
'나름 자신 있었긴 했지만…….'
이번에는 확신을 못 하겠다.
얼핏 봐도 이번 미션의 난이도는 상당해 보였으니까.
"수영장이라……."
상준은 수영에 소질이 없었다.
저 건너편 문을 봐서는 저기까지 건너가야 하는 모양인데.
"다리인가?"

헤엄쳐서 가라는 소리는 아닌 것 같고 눈앞의 발판을 짚으면 되는 모양이었다.

다만.

"불안한데."

돌다리도 두드려 보고 건너라 했다.

상준은 눈앞에 펼쳐진 스물다섯 개의 발판을 보곤 생각에 잠겼다.

─이거 어떻게 하는 거야????

─잘못 건너면 물에 빠지는 거 같은데?

─ㄷㄷㄷㄷ 난이도 한 번 살벌하네

그냥 건넜다가 물에 빠지면 실패할 게 분명했다.

여기서부터는 신중 또 신중해야 한다.

"이게 뭐야?"

그 순간.

발에 채이는 미션지.

─?????????

미션지에 담긴 힌트를 확인한 순간, 상준의 표정은 어두워졌다.

"하, 망했다."

*　　　*　　　*

미션지의 내용을 확인하자마자 당황한 건 팬들도 마찬가지였다.

2=2

*1=0

3=0

"이게 뭔데?"

—ㅋㅋㅋㅋㅋㅋㅋㅋㅋㅋㅋㅋㅋ

—어……. 생각하기를 포기했다.

—상준아, 나 수학 원래 못해 ㅠㅠ 미안해…….

상준은 머리를 싸맨 채 눈앞의 발판들을 노려보았다.

"그냥 저렇게 편하게 건너라고 만들어놓은 건 아닐 텐데."

그렇다면…….

상준은 유심히 거대한 세트를 살폈다. 일단 다리를 건너보는

것도 방법이었지만 그러기엔 너무 위험 요소가 따른다.

「피타고라스의 정리」.

여기서부턴 새로운 재능의 힘이 필요했다.

상준은 리스트에 담아두었던 재능을 대여했다.

"후우."

한숨을 내쉬자마자 조금씩 머리가 빠릿해지는 기분.

—피타고라스가 찾아와도 모를 거 같은 문젠데 ㅋㅋㅋㅋ

—피타고라스는 알지 않을까……?

—확실한 건 상준이는 모를 거 같다는 거지

상준은 뒤로 살짝 돌아섰다. 가장 먼저 눈에 들어온 건 방송용 카메라.

"이걸 던질 수는 없고……."

—JS: ㅎㄷㄷㄷㄷㄷ

—ㅋㅋㅋㅋㅋㅋㅋㅋㅋㅋㅋㅋㅋㅋㅋ 카메라를 던지려 했어

—야……. 그거 비싼 거야!!

상준은 진지한 얼굴로 바닥에 놓인 공을 주웠다. 수영장이랑 그다지 어울리지 않는 조그만 야구공 하나. 그걸 손에 쥔 상준은 있는 힘껏 첫 번째 발판을 향해 던졌다.

그리고.

—????????????

—미친 저게 뭐야;;

쾅.

둔탁한 소리와 함께 발판이 아래로 떨어졌다.

"워후."

저거 건넜으면 그대로 물에 빠질 뻔했다. 기껏해야 허리까지 올 높이의 수영장이긴 하지만, 물에서 허우적대고 싶지는 않았다.

"와, 실장님. 진짜……."

이번엔 정말 제대로 짜셨군요.

좋지 않은 쪽으로 머리를 굴리셨다는 게 문제지만.

"찾았다.

덕분에 상준은 단서를 찾았다.

저 미션지의 의미를 말이다.

2=2

*1=0

3=0

"첫 번째 줄. 그러니까 정상적인 발판은, 2번까지는 밟을 수 있다는 소리네요."

"……."

팬들의 대답이 들리지는 않지만 상준은 본인의 추측을 이어갔다. 스스로 생각하기엔 상당히 신빙성이 있어 보이는 가설이었다.

"그리고 두 번째 줄."

이건 정상적이지 않은 발판은 한 번 밟으면 골로 간다는 소리다.

방금 야구공을 던져서 두 눈으로 확인했듯이, 밟기만 해도 그대로 물에 빠진다는 것.

—ㄷㄷㄷㄷㄷㄷㄷㄷㄷㄷ

—맞는 거 같은데?

—아……. ㅈㄴ 무슨 말인지 모르겠다.

—생각하기를 포기했어요오오오
　—도영이었으면 으아아악 하고 이미 건너편으로 날았음
　—아ㅋㅋㅋㅋㅋㅋㅋㅋㅋ

　다른 멤버들에게 이 세트를 건넸으면 팬들의 말대로 각종 몸 개그를 펼쳤을지도 모르는 일이었다.

　하지만, 상준은 달랐다. 나름의 논리로 마지막 줄까지 해석을 마쳤다.

　"하지만, 정상적인 발판도 세 번 밟으면 무너진다."

　이게 맞다면.

　—그래서 정상적인 게 뭔데?
　—아~ 걍 찍어어~~~
　—단서가 있지 않을까? 상준아 일단 수영장 다 뒤져봐;;

　5X5. 그러니까 총 25개의 발판.

　상준은 암기 천재 재능으로 그동안의 단서들을 회상했다.

　스쳐 지나갔던 기억 하나마저도 단서가 될 수 있다.

　"수영장인가?"

　상준 역시 팬들과 마찬가지로 수영장 세트 속 단서부터 찾으려 했다. 천장에 문구가 있는지 한 번 훑어보고, 그다음은 발판에도 집중했다.

　그럼에도 수상한 점은 크게 보이질 않았다.

　"후."

―진짜 어려운데 ㄷㄷㄷㄷ

―제현이는 아직도 빵 먹고 있어 ㅋㅋㅋㅋㅋㅋㅋㅋ

―어? 방금 무슨 소리 들리지 않았음?

쾅.

화들짝 놀란 상준은 고개를 돌렸다.

쾅쾅.

"아, 차도영!"

―ㅋㅋㅋㅋㅋㅋㅋㅋㅋㅋㅋㅋㅋㅋㅋㅋㅋㅋ

―아니, 건물 무너지는 거 아님????

좀 집중하려고 하면 저 난리를 치고 있다.

'자꾸만 집중이 흐트러질 거 같잖아.'

상준은 머리를 긁적이며 다시 세트를 훑었다.

이 방이 아니라면.

"음악가의 방……!"

이미 지나쳐 온 첫 번째 방에 단서가 있지 않을까.

그 방 속에서 스쳐 지나가듯 봤던 모든 것들을 떠올린 상준은 우두커니 멈춰 섰다.

'맞다.'

첫 번째 방에서 유난히 눈에 띄었던 책장.

그 책장에 꽂혀 있는 책들이 몇 개였더라……?

'총 스물다섯 권.'
상준은 놀란 눈으로 다급히 앞선 방으로 뛰어갔다.

―뭐야 뭐야
―여기는 왜??
―아 맞네 ㄷㄷㄷㄷㄷㄷ 책장 있었잖아 책장!!!
―책장이 머임?
―와 소름 돋아 나 알 거 같애

재능 덕분에 상준의 기억은 정확했다.
별 의미 없이 꽂혀 있을 거라 생각했던 책장의 책들.
배열도 똑같았다.
5X5.
상준은 천천히 책장에 꽂혀 있는 책들을 살폈다.
이 책을 아까 그 타일의 배열로 생각한다면.
"이거다."
스티커.
분명 아까 별생각 없이 넘긴 책에는 별 모양 스티커가 붙어
있었다.
상준은 진지한 표정으로 배열의 위치를 하나씩 확인했다.
"스티커가 있는 곳만 밟으면 되네요."
두 번째, 세 번째, 그리고…….
"이렇게 되는구나."
후다닥.

빠르게 책을 훑은 것도 잠시, 상준은 다시 수영장 세트가 있는 곳으로 뛰어갔다. 모두가 놀랄 정도로 순식간이었다.

―벌써 다 외웠어??????
―아니 빛상준;; 당신은 대체;;
―낫 휴먼이네 진짜 ㅋㅋㅋㅋㅋㅋㅋ

이제 가기만 하면 된다.
'내 가설이 틀렸을 수도 있지만.'
다른 멤버들은 분명 지금쯤 신나게 삽질을 하고 있을 터였다.
'빨리 구하러 가야지.'
이러다간 저 세 시간이 끝나기 전에 여기서 탈출을 못 하게 될지도 모르니. 상준은 깊게 숨을 내쉬며 고개를 까닥였다.
"간다."
두 번째 타일.
상준은 스티커가 붙어 있던 배열을 떠올리며 과감하게 발을 내디뎠다.
결과는.

―와아아아아악
―안 떨어져써!!!!
―ㄷㄷㄷㄷㄷㄷㄷ

상준은 여유롭게 착지하며 싱긋 미소 지었다. 그다음 타일도 마찬가지였다. 널찍한 수영장 위를, 마치 청계천 다리를 건너듯 편안하게 건너가는 상준.

"후우."

마지막으로 세 번째 타일까지.

"와아아악!"

상준은 무사히 건너편에 도착했다.

"봤죠? 미쳤죠? 크, 죽여준다."

─ㅋㅋㅋㅋㅋㅋㅋㅋㅋㅋㅋㅋㅋ

─아 ㅋㅋㅋㅋ 허세는 도영이랑 똑같이 부리는데 저쪽 방은 수확이 없고 여긴 있네

"차도영, 똑바로 보고 있어."

상준은 고개를 끄덕이며 문을 확인했다.

"어……?"

당연히 쉽게 열릴 줄 알았던 건너편 문이 꽁꽁 닫혀 있었다.

"아니."

이 문이 아니었다.

상준은 문고리에 걸려 있는 열쇠를 확인하고선 피식 웃었다.

"이래서 두 번 밟게 해준 거구나."

아까 수영장을 훑는 동안 눈치를 채지 못했다. 실제 출구는 원래 서 있던 곳의 왼편에 위치하고 있었다는 것을. 당연히 창고인 줄 알았는데, 그건 아니었던 모양이다.

"이 열쇠를 가지고 돌아가면……."

이미 타일 위치는 전부 외웠다.

통통.

상준은 가볍게 수영장 타일을 건너뛰고선 확신에 찬 미소를 지었다.

"이제 그러면. 애들 구하러 가볼까요?"

―와 벌써 다 풀었어 ㄷㄷㄷ

―꺄아아아아아아

―도영이 좀 살려주세요

―제현이 아직도 빵 먹고 있나?

다소 백치미가 넘쳐흐르는 동생들을 위해.

"간다."

딸깍.

상준이 꽂은 열쇠에서 기분 좋은 소리가 들려왔다.

*   *   *

첫 번째 방을 통과하고선 한계에 부딪힌 선우는 머리를 싸매고 있었다. 그 와중에도 팬들과 소통하고 있는 태도는 제법 그럴싸했지만, 팬들의 대답을 볼 수 없으니 해결책은 여전히 막막했다.

"진짜 어렵네요."

그때였다.

치지직.

기계음이 천장에서 울려 퍼졌다.

"뭐야?"

식겁해서 고개를 들자 익숙한 목소리가 선우를 진정시켰다.

─어, 나야! 너, 지금 잘하고 있어?

"뭐야? 나상준 아냐?"

선우는 화들짝 놀란 얼굴로 되물었다. 선우의 목소리가 저쪽에서도 들리는 모양이었다.

'이게 뭐지?'

상준이 방을 나오자마자 가장 먼저 얻게 된 건 다름 아닌 무전기였다. 처음에는 새로운 단서인가 하고 봤더만, 소통용이었다.

덕분에 이렇게 선우와 연락을 취하고 있다.

─어떻게 되어가고 있어? 일단 문 열어봐

선우는 당황한 표정으로 두 눈을 끔뻑였다.

문이 열린다고?

"아!"

머리에 과부화가 온 상태긴 했지만 뒤늦게 상준의 말을 이해할 수 있었다.

선우는 처음에 들어왔던 방문을 그대로 열어젖혔다.

"와, 진짜 이렇게 보니까 반갑다."

"이야, 기다렸지? 좀 보고 싶었지?"

"…아니?"

선우는 정색했다가도 금세 피식 웃음을 흘렸다.

문 너머에는 몇 시간 만에 보는지, 어느덧 반가워진 상준이 서 있었다.

"어디까지 풀었어?"

"아니, 너 벌써 풀고 온 거야?"

─상준이 방 미쳤더라 ㄷㄷㄷ

─헐!!! 유찬이도 지금 거의 탈출했다는데??

─상준아 선우 데리고 나서 도영이 좀 구하러 가봐

─제현이 방 난이도가 가장 쉽거든요? 그거 빵 봉지에 있는 비밀번호 입력하면 되는 건데;; 애 지금 빵만 먹고 있어요 ㅋㅋㅋ 누가 좀 구해주세요

─어차피 쟤네 눈엔 우리 댓글 안 보임 ㅋㅋㅋㅋㅋ

상준은 무전기를 선우에게 건네며 고개를 끄덕였다.

"이걸로 유찬이 좀 도와줘 봐."

"유찬이?"

"대충 상황이라도 듣고 있어봐. 어차피 도영이랑 제현이는……."

쟤네는 말해서 이해할 친구들은 아니니까.

"크흠."

상준의 말을 이해했는지 선우는 격하게 고개를 끄덕이며 돌아섰다. 다섯 명이 함께 있을 땐 이걸 어떻게 하나 싶을 정도로 착잡했지만 막상 이렇게 보니 제법 똑똑했다.

"크, 나상준. 다시 보인다."

"잘못 본 거야."

"아, 그래?"

"어엉."

상준은 선우를 내버려 둔 채 마지막으로 헤매고 있던 단서를 확인했다.

"그거 어지간히 삐삐거리던데."

두 번째 방 안에 덩그러니 놓인 수화기.

상준은 수화기를 집어 들었다.

'선우의 말대로네.'

뚜두. 뚜. 두.

마치 전화를 끊었을 때의 소리처럼 불규칙한 소리가 이어지고 있었다.

"이게 뭐지?"

자물쇠를 확인해 보니 영문의 자물쇠.

어디서 본 듯한 익숙함이다.

상준은 인상을 찌푸리며 다시 한번 수화기를 들었다.

처음에는 여기에 무슨 의미가 있나 싶었지만, 듣다 보니 알 거 같았다.

'불규칙적이진 않아.'

이 소리에 의미가 담겨 있다.

그 순간.

상준의 머릿속에 하나의 단어가 스쳤다.

"모스부호다."

상준은 선우를 돌아보며 다급히 물음을 던졌다.

"선우야! 선우야!"

"왜? 유찬이 거의 다 푼 거 같아. 많이 어려운 문제는 아니라서 내가 알려줬는데……."

"그게 문제가 아니라."

너 여기에 무슨 책 없었어?

"책? 있었어."

선우는 태연한 얼굴로 고개를 끄덕였다.

하지만, 상준은 다급했다.

"이거야?"

모스부호가 기록되어 있는 책.

빼곡히 써 있는 알파벳들을 빠르게 넘겼다.

저 수화기에서 나오는 알림음을 그대로 따라 받아 적기만 하면 된다.

'와, 어렵네.'

재능이 없었을 때라면 그냥 지나쳤겠지만 지금은 달랐다.

"이건……."

상준은 단번에 자물쇠를 풀 수 있었다.

BLUE.

"풀었다! 풀었다아!"

상준은 떨리는 손으로 자물쇠를 잡아당겼다.

딸깍.

소리와 함께 문이 열렸다.

촬영 중에 머리를 싸매는 시간들이 이어졌다.

그 뒤로는 어떻게 시간이 흘렀는지도 알 수 없었다.

유찬은 선우의 도움과 제 힘을 합쳐 탈출했고, 도영은 의외로…….

"와아아아악!"

어떻게 탈출했는지 탈출하긴 했다.

"진짜 문 부순 거 아니지?"

"사실 어떻게 했냐면……."

도영은 싱긋 웃어 보이며 유찬의 귀에 속삭였다.

"자물쇠 돌리다가 얻어걸렸어."

"이야, 너답다."

"운빨 하면 이 차도영이지."

저쯤 되면 인정해 줘야 하는 수준의 운빨이긴 하다.

그 와중에도 신나게 빵 먹방을 하던 제현은…….

"제현아, 나가자?"

"어엉!"

선우의 손에 이끌려 나왔다.

나오는 데까지는 우여곡절 그 자체였지만, 덕분에 모두 건물의 옥상에 도착했다.

"와아아악!"

"여러분, 진짜 보고 싶었어요! 제 목소리 들리시죠오!"

오랜만에 쐬는 바깥 공기에 방방 뛰기 시작하는 도영.

팬들은 도영의 격한 인사에 정신없이 웃어대고 있었다.

─첨부터 들렸어 도영아

─ㅋㅋㅋㅋㅋㅋㅋㅋㅋㅋㅋ

─보고 시퍼어어ㅓ어엉ㅆ어

─텐션 미쳤네 ㄷㄷ

─애들 고기 먹여줘요~~ 저렇게 열심히 했는데!!

이제는 정식 모니터로 팬들의 대화를 볼 수 있었다. 거기에 근사하게 준비된 바비큐 구이 세트까지. 멤버들이 신이 난 것도 이상한 게 아니었다.

'모스부호?'

오직 상준만 제외하고 그랬다.

상준은 머릿속으로 빠르게 재능 서고에서 있던 일을 그렸다.

2─1과 SOS.

오늘의 방 탈출 세트를 자력으로 탈출할 정도면 충분히 풀 수 있을 법한 트릭이 아니었을까. 상준은 고뇌하며 천천히 놓친 단서들을 짚었다.

'두 번째 책장의 첫 번째 줄.'

그건 맞았을까.

'혹시 SOS가 그 모스부호……?'

아까는 탈출할 단서를 찾았다는 사실에 마냥 즐거웠지만, 지금 생각해 보니 꽤 그럴싸했다. 재능 서고의 단서가 정말 모스부호를 지칭하는 걸까. 생각이 복잡해졌다.

'아닐 수도 있지.'

아직은 확신할 수 있는 게 아무것도 없다.

"자, 저희 미션이 있는데요! Q&A 질문을 하나씩 받을 때마다 고기를 먹을 수 있다고 합니다! 도영아, 너 이거 보고 있어?"

"여기 질문지 있네요. 선우 형, 패쓰."

"오케이."

멤버들이 정신없이 준비하는 와중에도 생각에 빠져 있는 상준. 보다 못한 유찬이 상준의 어깨를 툭 쳤다.

"형?"

"어⋯⋯?"

촬영 중이다.

전 세계의 팬들이 지금 이 리얼리티를 보고 있고.

그제야 정신이 번쩍 들었다.

'어차피 지금 해결할 수 있는 일이 아니잖아.'

하나의 단서를 더 찾았을 뿐, 아직은 부족하다는 생각이 들었다.

그런 상준의 상념을 확신하게 만든 건 유찬의 말이었다.

"형, 설명 들었어?"

"어⋯ 어!"

"아니, 너무 멍해 보여서 무슨 일 있었나 했네."

상준은 머쓱한 미소를 지으며 고개를 저었다.

사적인 일이 있다 해도 그걸 내색해서는 안 된다. 불안한 감정을 팬들에게 고스란히 내보일 수는 없으니.

'천천히 생각해도 해결할 수 있어.'

아까도 그랬듯이.

처음에 재능 서고의 단서를 접했을 때, 넋이 나가 있던 상준을 붙잡아준 것도 멤버들이었다. 지금 이 상황에 최선을 다해야 한다는 생각이 지금의 모습을 있게 했다.

'조금만 기다려.'

이제는 진짜 곧 알 거 같아.

상준은 속마음을 잠시 묻어두고 유찬의 말에 집중했다.

*　　　*　　　*

"Q&A가 엄청 많이 온 것 같은데요. 먼저 첫 번째 코너부터 시작할까요?"

"제가 하면 될까요?"

아까 너무 머리를 많이 썼더니 잠시 멍해 있었다고.

상준은 가볍게 말을 덧붙이고선 대본을 받아 들었다.

"첫 번째 질문!"

"두구두구두구."

"멤버들의 연락처 뭐라고 저장되어 있냐고 물으시는데요?"

연락처?

갑작스러운 질문에 유찬은 두 눈을 끔뻑였다.

"아, 안 되는데."

"왜 그래 불안하게."

도영은 마이크를 손에 쥐고선 유찬에게 툭 말을 던졌다. 갑자기 불안한 생각이 들어서였다.

"너, 설마 욕은 아니지?"

"야, 내가 아무리 네가 싫어도 그렇게는 안 썼다."

"싫다는 건 팩트였어······?"

도영은 두 눈을 동그랗게 뜨며 유찬을 돌아보았다.

─도영이 충격받았는데 ㅋㅋㅋㅋㅋ

─싫다는 건 팩트였던 거임?

─노 빠꾸 멘트 개웃기넹 ㅋㅋㅋㅋㅋ

"어떻게 그럴 수 있어······."

"아니, 꼭 그런 의미가 아니라."

뒤늦게 수습해도 이미 늦었다. 도영은 시무룩한 얼굴로 짧게 한숨을 내쉬었다.

"하."

"일단 차도영 씨부터 공개하시죠."

"아, 저를요?"

아까까진 잠시 처졌다가도 자신에게 차례가 돌아오니 금세 텐션이 올라간다. 도영은 당당하게 연락처 목록을 읊기 시작했다.

"나 그냥 평범하게 저장했는데?"

진짜 평범하긴 했다.

"선우 형은 그냥 선우 형. 상준이 형도 그렇고."

"와, 의외로 정상이라서 놀랐어."

"엄유찬 까봐."

"······!"

그다음은 유찬의 연락처를 점검할 차례다.

그런데.

"아······."

얼굴이 창백한 걸 보니 뭔가 있는 것 같다.

상준은 다급히 유찬의 휴대전화를 낚아챘다.

"뭐냐, 이건."

가장 하단에 쫘르르 몰려 있는 이름들.

옆에 앉아 있던 상준의 시선에 단번에 들어온 이름이 있었다.

[JS 나상준.]

어떻게 이럴 수가.

"야······!"

—ㅋㅋㅋㅋㅋㅋㅋㅋㅋㅋㅋㅋㅋㅋ

—와 뭐야 ㅋㅋㅋㅋㅋ

—완벽한 비즈니스 연락처인데???

—이 거리감 머임 ㅋㅋㅋㅋ

카메라로 확인시켜 주자 팬들의 댓글이 빠르게 달아오르기 시작했다. 상준은 두 눈을 끔뻑이며 쉽사리 말을 열지 못했다.

"차라리 나상준을 하지 그랬어."

"와, 유찬아······."

다른 멤버들도 마찬가지로 저장되어 있었다.

도영은 이미 유찬을 놀리기 위해 잔뜩 깐족거리고 있었다.

"안녕하세요, JS 엄유찬 씨. 저는 JS 차도영인데요."

"너, 삐졌지?"

"누구세요?"

말 그대로 난장판이다.

유찬은 억울하다는 듯이 상준의 휴대전화를 움켜쥐었다.

"형은 뭐로 저장해 놨는데? 얼마나 감성적으로 저장했는지 한 번 보자."

"어… 그게……."

아까까지는 누구보다 앞장서서 유찬을 놀려댔던 상준이다.

그런데.

'망했다.'

생각해 보니 크게 다를 게 없다.

상준은 연락처 이름을 떠올리고선 곧바로 꼬리를 내렸다.

"봐봐, 뭔가 있다니까."

"아니, 나 이거 너네 처음 봤을 때 저장했던 거야."

"뒤늦게 수습하지 마시고요."

―뭐라고 저장했길래 저래 ㅋㅋㅋㅋㅋㅋ

―아니, 얘들아 차라리 욕으로 저장해

―ㅋㅋㅋㅋㅋㅋㅋㅋㅋㅋㅋㅋㅋ

―돌았다 대체;; 누가 이 질문 했냐

―여러분은 지금 화목한 탑보이즈의 모습을 지켜보고 계십니다. 제가 다 뿌듯하네요 ^^

"우아악!"

모스부호에 대한 기억도 잠시 잊을 정도로 휴대전화를 쥔 채
유찬과 격렬하게 씨름했지만.

결국 뺏기고 말았다.

[21 엄유찬]

"이야, 이 형이 더하네."

"뭐가 더해. 완전 정성스러운데."

"학번이세요, 혹시? 21학번 엄유찬 씨?"

"아니, 나이야. 나이!"

─어머니는 그러셨어요. 이럴 때 쓰는 말이 있다고. 그건 바로……

─도토리 키재기

─○○정답

─ㅋㅋㅋㅋㅋㅋㅋㅋㅋㅋㅋ도긴개긴이네 진짜

상준은 팬들을 향해 손사래를 치며 어떻게든 항변하려 했다.

상준 딴에는 나름의 정성이란다.

"이게 얼마나 신경 쓰는 건데요. 매년 한 살씩 올려주기 위해
서 다 확인하는 건데."

"네, 여기 그 와중에 제현이 아직 17살이거든요?"

"어……. 그러냐? 야……. 미안하다."

제현은 막대 사탕을 물고 있다가 벌떡 고개를 들었다.

—제현이 회춘시켜 버리네 ㅋㅋㅋㅋㅋㅋ
—17살이면 2년 전이네 ㅋㅋㅋㅋ
—진짜 처음 만났을 때 그대로 해둔 거 봐

이건 실드 불가다.

"크흠."

상준은 헛기침을 하며 제현의 눈치를 살폈다.

"이제현……?"

화낼 줄 알았더니 의외로 담담하다.

우물우물.

제현은 막대 사탕을 내려놓더니 해맑게 말을 더했다.

"괜찮아요, 전."

"크으, 역시 배려심이 깊……."

"젊을수록 좋죠, 뭐."

—ㅋㅋㅋㅋㅋㅋㅋㅋㅋㅋㅋㅋㅋㅋㅋㅋ
—이걸 멕이네ㅋㅋㅋㅋㅋ
—아 해맑게 멕이지 말라고 ㅋㅋㅋㅋㅋ

"으음?"

뭔가 진 기분인데.

상준은 머리를 긁적이며 제현을 돌아보았다.

그런 상준을 향해 제현의 묵직한 한마디가 울려 퍼졌다.

"상준이 형은 가질 수 없는 것이죠."

망할.

어쩐지 화목하다 했다.

"야! 이제현!"

"상준이 형은 가질 수 없……! 왜!"

아니……. 화목했던 적이 있었던가?

*   *   *

무려 5시간에 걸친 라이브 방송은 엄청난 화력을 몰고 왔다.

―다들 더 룸 봤음?

ㄴㅇㅇ 존잼

ㄴ나는 라이브로 봤는데 5시간 동안 하는데도 안 지루함

ㄴ진짜 예능프로 보는 느낌. 팬심으로 본 것도 아니고 그냥 궁금해서 봤는데 완전 빠져서 봤잖음

―시청률 잘 나올 거라고 조심스레 예상해 본다

ㄴ나는 제현이 귀엽더라 ㅋㅋㅋㅋㅋ 할 말 다 하는 막내 스탈

ㄴ제현이 데뷔할 때 안 저랬는데 ㅋㅋㅋㅋ 이젠 막내 온탑임

ㄴ진짜 웬만한 예능급 시청률 나오는 거 아닐까?

ㄴ설레발 ㄴㄴ 설마;;

ㄴ해외 팬들도 엄청 본 거 같던데? 실시간 댓글 수 봄? 장난 아님 미친 듯이 내려갔었음

시청률이 잘 나올 거라는 시청자들의 예감도 맞아떨어졌다.

KNET에서 방송으로 방영되었을 때의 시청률. 그걸 확인한 JS 엔터는 다시 한번 뒤집어졌다.

"와, 이렇게 나왔다고?'

아이돌 리얼리티 중에서 역대 3위 안에 들어가는 시청률.

더욱이 홍보 효과도 어마어마했다.

─리얼리티 한 번 더 찍어줬으면!!!

ㄴ아~ 국내 활동 내놔아아아ㅏㅇ

ㄴ앨범 내줘

ㄴ절대 앨범 해

ㄴㅋㅋㅋㅋㅋㅋㅋㅋ팬들 난리 났네

이번 예능으로 입덕했다며 팬카페에 글을 올리는 온탑들도 대다수였다. 스케일이 컸던 만큼 사람들의 관심도 쏠렸던 걸까.

일단 까고 봐야지.

그 마인드로 방송을 지켜봤었던 사람들조차 우호적으로 돌아섰다.

결과적으로는 성공이었다.

덕분에.

"바로 앨범 제작 들어갈 거야."

"장난 아니네요."

"무슨 스타일 했으면 좋겠어?"

마침 준비 중이던 앨범에도 박차를 가했다.

선우는 볼펜을 들고선 멤버들을 한 번씩 훑었다. 이제는 음악적인 협업도 자유자재로 이뤄진다.

"나는 약간 팝 느낌으로 들어가도 좋을 거 같은데?"

"팝 스타일?"

"어엉. 좀 대중적이면서도 누구나 따라 부를 법한?"

가을이 다가오고 있다.

대부분의 가수들이 가을 분위기에 맞춰 발라드곡을 내는 시기고, 그런 트렌드의 노래가 잘 먹히긴 하지만.

"오히려 반대로 가보는 건 어떨까."

봄노래의 스타일.

누구나 벚꽃 가득한 가로수길을 바라보며 통기타를 치고 흥얼거릴 법한, 그런 스타일의 대중적인 노래.

"어때?"

유찬의 제안에 곧바로 고개를 끄덕이는 멤버들이다.

이제는 회의 자리에서도 반짝이는 아이디어가 쏟아진다. 서로의 의견을 알아듣는 것도 수준급이다.

"크, 순식간에 좁혀지네요."

1팀장은 피식 웃으며 만족스러운 미소를 지었다.

2년 차의 팀워크가 아니다.

"그러면 샘플로 악상을 몇 개 뽑아보고."

"어어."

"유찬아, 대강 생각해 둔 거 있어?"

"보내놓을게. 한번 손봐줘."

"오케이."

작곡은 상준과 유찬, 도영이 맡기로 했다.

그 외에 테마까지 간단히 손보고 나면.

"마이데이 프로젝트도 했는데요, 뭐."

이 정도는 이제 손쉽게 할 수 있다.

상준의 자신감 가득한 한마디에 조승현 실장은 웃음을 터뜨렸다.

"그래, 알았다."

이번 앨범도 대박 가자.

상준은 고개를 끄덕이며 노트를 덮었다.

"왠지 벌써부터 잘될 거 같네요."

"크으, 미역국!"

"김칫국이겠지, 바보야."

"아……?"

동생들의 헛소리는 둘째 치고.

'잘될 거 같다.'

다른 가수의 영향이 아니라, 우리만의 자력으로.

충분히 할 수 있을 거라는 예감이 들어서였다.

제5장

기적

눈코 뜰 새 없이 바쁜 시간들이었다.

리얼리티 방송이 끝나고 나서도 전혀 쉴 수 없었으니까.

이번에는 해외였다.

네 번째 정규앨범을 준비하면서도 「에피소드」의 인기는 여전히 그대로였다. 국내 활동이 끝났으니 해외 투어를 도느라 2주간 정신없는 시간들이 이어졌다.

처음 해외를 돌았을 때와는 차원이 달랐다.

"사람들 봤어?"

"진짜 꽉 차 있었다니까."

저들끼리 신이 나서 떠든 것도 모자라, 이제는 조승현 실장을 붙잡고 말을 이어가고 있다.

"지난번에 뛰었던 무대보다 훨씬 크지 않았나?"

"그랬지. 거의 두 배였는데."

미국과 유럽에서 약세를 보였던 탑보이즈다.

하지만, 엠마 캐머런과의 협업으로 판세는 완전히 뒤집혔다. 간신히 콘서트 표를 채웠던 과거는 지나갔다.

이미 티켓이 오픈하자마자 전석이 예매된 상태였다.

몇 분이니 셀 것도 없었다.

그때의 전율은 이루 말할 수도 없었다.

'앞으로도 저희 탑보이즈 많이 사랑해 주세요!'

'도영아, 영어로도!'

'예아! 러브 미!'

수많은 팬들이 푸른 야광봉을 흔들어대는 콘서트 한가운데에서 얼마나 행복에 젖었었는지 모르겠다. 꿈만 같았던 해외 투어였다.

'다음에는 진짜 도쿄돔 가보고 싶다.'

아시아 투어까지 전부 끝이 났을 때, 탑보이즈의 위시 리스트는 자꾸만 늘어가고 있었다. 원래 그렇다. 꿈 하나를 이루면 자꾸 눈이 높아지는 법.

그렇다고 말리는 사람은 없었다. 이미 탑보이즈는 저마다의 꿈을 향해 정신없이 올라가고 있었으니까.

"저희가 이벤트도 했는데……. 팬들이 정말 장난 아니게 좋아하셨거든요."

"그랬어?"

주저리주저리.

한 번의 월드 투어가 끝나고 나니 들려줄 스토리만 태산이다.

도영은 상기된 목소리로 조 실장에게 말을 이었다.

"아, 그리고. 저희가 콘서트 때 신곡 스포를 살짝 했는데."

"뭐?"

쓰읍.

조승현 실장은 옆구리에 손을 올리고선 고개를 갸우뚱했다.

도영은 그런 거 아니라며 곧바로 손사래를 쳤다.

"아니, 들어봐요."

다행히 대형 스포는 아니었던 모양이다.

'하긴 아직 녹음도 안 했는데.'

부드러우면서도 감미로운 스타일의 후크송.

딱 그렇게만 말해줬더니 관객석이 난리가 났단다.

"…팬들이잖아."

"아무튼 이번 앨범 대박 날 거 같아요."

"그래?"

"진짜로 그래요. 그러니까……."

뒷말이 이어지면 불안한데.

조승현 실장은 의아한 눈길로 도영을 돌아보았다.

혹시나가 역시나였다.

"오늘 수업은 살짝 제껴도……."

"어림도 없지."

"아아악! 무슨 출국하자마자 달려요!"

하루도 쉬는 날이 없다.

도영은 양팔을 버둥대며 격하게 반항했다.

"상준이 형, 어떻게 생각해?"

"으음. 열심히 하면 좋다고 생각해."

"…망할."

선우도 상준을 따라 고개를 끄덕였다.

저 망할 성실 콤비들. 도영은 작게 중얼대며 한탄을 더했다.

그때였다.

그런 도영을 물끄러미 바라보고 있던 조승현 실장의 입에서 놀라운 한마디가 흘러나온 것은.

"그런 의미에서 휴가 나왔다."

"휴가요?"

"진짜요?"

당장 내일부터.

무려 일주일이나 휴가란다.

"와아아아악!"

뜻밖의 한마디에 단체로 환호하기 시작하는 멤버들.

"오."

의외라는 듯이 선우는 짧게 탄성을 내뱉었다. 하지만, 다른 멤버들은 달랐다. 이미 도영은 괴성을 지르며 뛰어가고 있었고, 유찬은 그런 그를 따라 쪼르르 달려갔다.

"얘… 얘들아?"

"수업 제껴어어어!"

"아니, 휴가 내일부터라고!"

"맙소사."

상준은 혀를 차며 가만히 서 있는 제현을 바라보았다.

"넌, 뭐 할 거야?"

"으음. 나도 성실한 척하고 있는 중인데, 지금."

"그냥 너도 놀러 가."

"웅!"

후다닥.

나머지 둘을 따라 제현도 사라진다.

조승현 실장은 정신없이 웃어대며 머리를 긁적였다.

"아니, 수업을 빼긴 뺐는데 저렇게 바로 가버릴 줄은 몰랐네."

뒤도 안 돌아보고 가버렸다.

선우는 혀를 끌끌 차며 상준에게 말을 던졌다.

"아주 양심들이 없어요, 그치?"

"그러엄."

맏형 라인은 동생들의 해맑음에 못마땅해하며 조승현 실장을 바라보았다. 그때, 잠시 고민하던 조 실장이 조심스레 입을 열었다.

"근데 상준이 너는 못 쉬긴 해."

"……!"

방금 전까지 성실함을 운운하던 상준의 눈빛이 미묘하게 바뀌었다.

"제가 생각해 봤는데요."

진지하다.

"사람이 꼭 언제나 성실할 필요는 없는 거 같긴 해요."

24년을 성실하게 살았으면 한 번쯤은 쉬어도 좋다.

상준의 다급한 변명에 선우는 웃음을 참으며 한 걸음씩 뒤로 물러섰다.

"야, 너도 열심히 한다며."

"파이팅!"

힘내라!

선우는 한 손을 치켜들며 상준을 향해 웃어 보였다. 아까 말했던 것과는 너무 다르잖아……?

"야! 선우야!"

후다닥.

역시 이쪽도 성실한 척이었던 걸까. 막상 휴가가 주어지니 단체로 즐기느라 정신이 없다. 빠르게 도망가 버린 선우 탓에, 실장실에는 상준과 조 실장 둘만이 남았다.

"와, 어떻게 그럴 수 있지?"

"너도 순간 기뻐했잖아."

"하하. 그건 자연스러운 반응이죠."

상준은 혀를 내두르며 투덜댔다.

"하여튼 아주 나쁜 사람들이에요."

"일단 앉아봐."

"아악……."

투덜대면서도 곧바로 두 눈을 반짝이는 상준이다. 확실히 성실하다는 말이 괜히 나온 것은 아니다. 어찌 되었든 제안이 들어왔다는 건 기회가 주어졌다는 소리니까. 언제나 초심을 간직한 채 감사해야 할 필요가 있었다.

"그래도 궁금해하긴 하네?"

"어차피 할 거면 우선 들어봐야죠. 별로면 안 할래요."

"그래?"

조승현 실장은 속으로 미소를 지으며 말을 꺼냈다.

"아마 근데 좋아할 거 같은데."

"그런가요?"

"출연진도 포맷도. 딱 네 스타일이라서."

사실 제안이 들어왔던 건 몇 달 전이었다.

TBN의 유영하 피디.

실험적인 시도를 많이 하는 것으로 유명한 그 피디에게서 프로그램 제안이 한번 왔었다.

'음악프로그램이에요. 예능적 요소가 들어간.'

'으음. 그러니까…… 오디션 프로는 아닌 거죠?'

'네. 오히려 그쪽보다는 힐링이에요.'

해외를 돌아다니며 버스킹을 하는 예능프로그램이라고 했다.

여행 프로그램 중에 식당을 차린다든가, 홈스테이를 한다든가.

해외에서의 일상을 자연스럽게 담아내는 프로그램들이 늘어나고 있는 상황이었다.

'나쁘지 않은 거 같은데요?'

유영하 피디가 독특한 스타일이라는 소리는 들었지만, 나쁜 사람은 아니었다. 분량을 가지고 장난칠 사람도 아니었고 악마의 편집을 할 만한 위인은 더더욱 아니었다.

거기에 요즘 트렌드에 제법 맞는 스타일의 예능이라 끌렸던 것도 사실이었다. JS 엔터 직원들의 의견도 같았다.

'라이브야 워낙 자신 있고. 스케줄만 맞으면 괜찮을 거 같은데요?'

모두들 고개를 끄덕일 법한 예능이었다.

그런데.

출연진을 본 순간 그 끌림은 완전한 확신으로 바뀌었다.

조승현 실장은 자신 있는 목소리로 말을 이었다.

"이거 볼래?"

"출연진이요?"

출연진이 좋다고 해도 아는 얼굴 몇 껴 있겠거니 했다.

"평판이 좋은 사람들이에요?"

"아마?"

고개를 끄덕이며 파일을 집어 드는 상준.

조승현 실장이 건넨 출연진 목록을 아무 생각 없이 확인한 상준의 두 눈이 동그래졌다.

"이게 무슨……."

이 조합으로 간다고요?

*　　　　*　　　　*

「스타들의 레시피」를 통해 상준을 지켜봐 왔던 메인작가가 이번에 TBN으로 거처를 옮겼단다. 유영하 피디와 워낙 친한 사이다 보니 캐스팅 단계에서 상당한 입김이 들어갔던 모양.

한마디로 말하자면 그녀의 취향이 잔뜩 담긴 출연진들이었다.

'어울릴 거 같다고 생각했나 봐.'

하운과 태헌, 그리고 상준.

「스타들의 레시피」 당시 셋의 케미를 즐겁게 봤던 그녀가 내놓은 제안이었다. 하지만, 익숙한 출연진은 거기서 끝나지 않았다.

그 멤버에 아린과 수정, 마지막으로 해강까지.

'이렇게 모인 것도 인연이네.'

상준은 저 멀리에 보이는 익숙한 얼굴들을 향해 손을 흔들었다.

「로드 오브 뮤직」.

해외 버스킹 프로젝트라는 거창한 타이틀을 단, 이번 프로그램 촬영을 위해 공항에 모인 출연진들이었다.

"어, 상준 씨!"

"어?"

상준은 익숙한 목소리에 고개를 벌떡 들었다.

"세상에. 여기서 보네요."

캐리어를 질질 끌고 오던 수정이 차분한 목소리로 상준을 불렀다. 인파가 잔뜩 몰린 공항에서도 유난히 차분해 보이는 그녀였다. 그 옆으로 다가온 아린이 두 눈을 반짝였다.

"와, 빌보드 가수님. 얼마 만이에요, 이게?"

"어…… 그렇게 오래 안 됐잖아요."

"한 달 됐는데."

"아, 미안."

상준은 머리를 긁적이며 사과했다. 영 정신이 없었던 모양이다.

"한 달이 한 달같이 느껴지질 않아서."

쏜살같이 시간이 흘러갔다고 느껴질 정도로 정신없이 바빠서였다. 그런 의미로 꺼낸 말이었지만.

'세상에.'

아린은 조금 다르게 받아들인 거 같았다.

'한 달이 한 달 같지 않았다니.'

그럼 혹시…….

'매일 TV에서 본 거 아니야……?'

그렇게 자신의 영상을 찾아봤다니. 이렇게 감격스러울 수가.

무한 긍정의 아린은 생글거리며 짐을 정리했다.

"반가워요."

아린과 안면이 있는 하운도 손을 흔들며 반가움을 표시했다. 태헌도 마찬가지였다.

"이야, 반가운 사람들 많네."

"허억, 안녕하세요!"

태헌은 이곳에 있는 아이돌 가수 중에서는 가장 선배라고 볼 수 있었지만.

'역시 알콜 꼰대.'

술이 없으면 자상한 선배 그 자체다. 상준은 의외의 모습에 속으로 혀를 내둘렀다.

'저거, 저거.'

술을 먹여야 하는데.

그런 상준의 속마음을 알 리 없는 태헌은 웃으며 하운에게 말을 걸었다.

"하운아, 이거 붙일래? 오는 길에 샀는데."

"어, 진짜요? 감사합니다."

비행기에 타기 전부터 훈훈한 분위기. 예능프로그램을 찍으면서 이렇게 편안했던 적이 있었던가. 확실히 출연진이 주는 힘은 어마어마했다.

'캐스팅 하나는 잘했네.'

조승현 실장이 그렇게 생각했던 이유도 바로 이거였다.

출연진들끼리 친한 사이일수록 케미가 자연스럽게 흘러나온다. 특히 이런 힐링 프로그램은 더더욱 그랬다. 보는 시청자들로 하여금 미소를 짓게 만드는 대화들.

"괜찮네."

카메라 뒤에 서서 출연진들을 지켜보던 유영하 피디의 입에서 확신에 찬 한마디가 흘러나왔다. 이미 사전조사를 충분히 한 그였다.

하지만, 그도 딱 한 가지 사실은 몰랐다.

"어, 이해강이다."

"안녕하세요……!"

해강과 아린이 다소 어색한 사이라는 걸.

"안… 안녕하세요?"

'저 혼자 탈탈대다 터져 버린 인공위성 파편 같아요.'

해강이 상준에게 시비를 걸어댔을 때 어찌나 신랄하게 비판했던지. 그걸 전부 기억하고 있는 상준은…….

'재밌겠다. 싸우려나?'

흥미로운 눈길로 지켜보고 있었다.

곧 팝콘도 뜯을 법한 얼굴로.

"잘 부탁드립니다!"

다행히 카메라 앞이라 어색한 미소를 짓는 선에서 끝이 났다.

"그럼 갈까요?"

슬레이트 치겠습니다.

상준은 앞으로 튀어나와 우렁찬 목소리로 외쳤다.

"하나, 둘, 셋!"

이제 비행기에 탑승할 시간이다.

*　　　*　　　*

해외의 펜션.

카메라 앞에 한데 모인 출연진들은 상기된 얼굴로 지시를 기다리고 있었다. 뉴욕에 입국하고 나서 한숨 푹 잤으니 이제 슬슬 시작할 때도 되었는데…….

"우리 뭐 하면 돼?"

해강은 눈치를 살피며 상준의 옆구리를 찔렀다.

"악!"

조금 세게 찌르긴 했다. 상준은 옆구리를 문지르며 해강의 귀에 속삭였다. 아까부터 당황한 티가 많이 나긴 하지만, 그런다고 해서 방송이 바로 시작하는 것도 아니다.

"아, 힘 조절 좀 하고. 일단 기다려 봐."

"나, 너무 신기해."

오르비스의 해강도 이런 리얼리티 경험은 낯설다. 사실 대부분이 그랬다. 수정은 아예 대놓고 불안한 기색을 보이고 있었다.

덜덜덜.

"저기⋯⋯. 물 마시려고 꺼낸 거 아니에요?"

물병을 열심히 흔들어대고 있다. 고의는 아닌 거 같지만⋯⋯.

"와악!"

살짝 뚜껑이 열린 틈으로 물이 튀어나와 해강의 바지를 적셨다.

"헉, 죄송해요!"

"아, 진짜⋯⋯."

저쪽에서 아린이 두 눈을 끔뻑이며 해강을 빤히 보고 있다. 사실 별생각 없이 멍을 때리고 있었을 뿐인데 괜히 찔린 해강이 말을 뒤늦게 수습한다.

"하하, 괜찮아요."

"진짜 괜찮으신 거 맞아요?"

"그⋯ 그럼요."

안 괜찮긴 하다. 별로 흐르지도 않은 물 때문은 아니었다.

'아, 불편해.'

좀 착하게 살걸. 상준과 아린에게 깽판을 쳤던 기억을 떠올리니 한숨이 절로 나오는 수준이다. 해강은 어색한 미소를 지으며 고개를 들었다.

그나마 다행인 건. 때마침 유영하 PD가 입을 열었다는 것이었다.

"자, 여러분."

"네!"

"네에에!"

예능 초짜를 모아서 앉혀놨더니 확실히 새로운 그림이긴 했다. 상준을 제외한 다른 출연진들은 뭘 해야 할지 발만 동동거리다가 화색을 띠고 있었으니.

그나마 연예 경력이 있는 드림스트릿의 태헌은 덜했다.

나머지는 진짜 가만히 앉아만 있었다.

'자유롭게 얘기 나눠도 되는데.'

유영하 피디는 속으로 웃으며 미션지를 전달했다. 활기찬 목소리가 출연진들을 깨웠다. 너무 겁먹지 말라는 의미에서 부드럽게 웃어 보이는 것은 덤이었다.

"무슨 프로그램인지는 알죠?"

"네, 그렇습니다!"

"맞아요!"

무슨 선생님의 설명을 듣는 것처럼 즉각적으로 대답들이 돌아온다. 아린은 두 눈을 반짝이며 답했다.

"버스킹 하면 되는 거 아니에요?"

"지금부터 저녁 먹기 전까지 자유롭게 곡을 선정해 주시면 돼요."

"버스킹 할 때 부를 노래들이요?"

유영하 피디는 고개를 끄덕였다.

대중들이 좋아할 만한 노래들 중에서 고르면 된다. 작곡을 해도, 편곡을 해도 전혀 상관이 없다.

하지만, 전달 사항은 거기서 끝나지 않았다.

"단, 조건이 있어요."

"뭐죠?"

상준은 열정 가득한 눈빛으로 유영하 피디를 응시했다. 곡 선정 기준에 조건이 있다니.

"남이 정해준 노래여야 해요."

"아."

여기서 탁상공론을 펼쳐봐야 의미가 없다.

"어떤 노래가 듣고 싶은지, 어서 알아 오세요."

유영하 피디는 빠르게 전달 사항을 이야기하고는 다시 고개를 돌렸다. 하지만, 그 한마디만으로도 촬영장의 분위기가 180도로 달라지기에는 충분했다.

목적이 생겼다.

"일단 물어보자."

해강이 두 눈을 반짝이며 먼저 입을 열었다.

*   *   *

확실히 집단지성의 힘은 뛰어났다. 주변 지인들에게 열심히 전화를 돌린 끝에 꽤 많은 곡들을 수집할 수 있었다. 각종 팝송들부터 대중가요까지. 저마다 이유도 다양했다.

누구에겐 뜻깊은 노래, 누구에겐 이미 유명한 노래. 그렇게 리스트를 정리해 보니 어느 정도 가닥이 잡혔다.

물론 그중에는 퍽 쓸데없는 소리들도 있었다.

"차도영, 아이디어 좀 줘봐."

—아이디어?

숙소에서 신나게 놀고 있다가 전화를 받았다는 동생들.

츄르릅.

근데 어째 대답 대신 이상한 소리가 들린다.

—들려?

"뭐야? 뭐 먹어?"

—라면.

아.

—맛있겠지? 거긴 이거 없지? 크, 아주 부럽……

뚝.

상준은 짧게 한숨을 내쉬며 전화를 꺼버렸다. 옆에서 그걸 지켜보고 있던 하운은 정신없이 웃어댔다.

"와, 진짜 말로만 들었는데. 장난 아니네요."

"원래 다 그래."

해강과 태헌은 상준의 고충을 퍽 이해하는 거 같았다.

"드림스트릿도 그래요?"

"장난 아니죠. 제가 리더인데. 근데 오르비스는……?"

"걔네가 말을 듣겠어요?"

쿨럭.

아린은 속으로 격하게 공감하다가 말을 얹었다.

"에이, 그래도 오르비스는 매력이 있잖아요."

'뭐지.'

무슨 일로 갑자기 칭찬을 하는 걸까.

놀란 얼굴로 눈을 굴리던 해강은 이어지는 말에 당황했다.

"상큼한 매력."

"……."

저런.

상준은 이게 다 자신의 과오라며 혀를 찼다.

이제는 저 말이 그냥 오르비스의 수식어가 되었다.

흡사 국민 남동생이라든가, 악역 전문 배우처럼 말이다.

상큼한 걸 그룹 오르비스.

"덕분에 이미지 확실해진… 아악!"

고운 말이 오갈 리 없다. 상준은 해강에게 목덜미가 잡혀 버둥댔다.

"놔봐, 나 전화할 사람 있으니깐."

도영이 개판이었다면 다른 멤버들은 그나마 정상이겠지. 상준은 순수한 막내 제현에게 전화를 걸었다.

"어, 제현아."

─어엉. 나 치킨 먹는 중인데.

"이미 그거 도영이가 한 번 했어."

─아…….

아쉬워하는 목소리가 수화기 건너편에서 들려온다. 대체 이 녀석들은 자신의 불행을 먹고 사는 걸까. 상준은 혀를 차며 말을 이었다.

"형이 버스킹 하잖아."

─어엉, 그치.

"듣고 싶은 노래 있어?"

잠시 정적이 이어졌다.

'그래도 음악가잖아, 제현아!'

방송 분량을 뽑아주면 좋지만 이쯤에선 정상적인 추천곡이 나올 법도 하다. 다른 출연진들이 인지도 있는 팝송과 KPOP 유명곡들을 추천받은 상황에서 혼자 먹방 ASMR이나 전파에 태울 수는 없었다.

그런 상준의 바람을 읽었을까.

제현은 정말 유명한 곡을 읊었다.

—아리랑……?

"야!"

푸흡.

옆에서 당시의 라이브 공연을 직관했던 아린이 가장 먼저 웃음을 터뜨렸다.

"아리랑 단독 공연 가자아!"

—그러엄. 형, 이게 얼마나 뜻깊은 무대야. 해외에서 아리랑을…….

"패스."

상준은 단호하게 고개를 저었다.

—아, 왜. 완전 괜찮았는데. 옆에 유찬이 형 바꿀까?

제현은 작게 웅얼거리며 물어왔다. 유찬이라고 뭐 다를 게 있을까 싶지만.

—형, 진짜 유명한 곡 하나 있어. 차도영이 아까 추천하려 했던 건데.

"일단 도영이 픽이라면 피하고 싶다."

아니나 다를까.

―히즈 곤……?

"끊어라."

지금의 상준을 있게 했던 두 곡이지만…….

상준의 입장에서는 잊고 싶었다.

"제발."

"와, 정말 돈독하네요."

그걸 옆에서 지켜보고 있던 태헌은 혀를 차며 조언을 건넸다.

"그런 거는 원래 멤버들한테 물어보면 안 돼. 진짜 답이 없어."

"그러게. 누구한테 걸게?"

"으음."

태헌은 미소를 지으며 휴대전화를 상준의 앞에 들이밀었다.

"어?"

뜻밖에도 익숙한 이름이다. 상준은 두 눈을 크게 뜬 채 의아한 목소리로 물었다.

"너도 얘 알아?"

블랙빈의 차은수. 태헌과는 별 접점이 없을 거라 생각했는데 둘도 아는 사이였던 모양이었다.

"도영이보단 확실히 나은 선택지네."

상준은 피식 웃으며 고개를 끄덕였다.

뚜루루.

잠깐의 수화음이 이어지고 나자, 익숙한 목소리가 상준의 귀를 때렸다.

"이야, 차은수다."

"오랜만!"

"안녕하세요! 김하운입니다!"

태헌의 앞에 옹기종기 모여앉은 출연진들은 두 눈을 반짝이며 은수의 대답을 기다렸다. 탑보이즈가 해외에서 혹 뜨게 되면서 블랙빈의 위상을 꽤 따라잡아 버렸지만, 사실 블랙빈은 그 자체로도 유명한 아이돌이었다.

—네, 차은수입니다. 무슨 일로 전화한 거야, 태헌이 형?

"와아아아!"

"신기해, 진짜."

수정은 작게 중얼거리며 두 손을 모았다.

팬덤들 사이에서도 막대한 영향력을 지닌 데다가, 블랙빈 스타일의 특이한 분위기를 좋아하는 팬들이 많았다. 그런 블랙빈의 리더, 은수의 픽은 무엇일까.

—아, 그러니까. 나보고 곡 정해달라고?

태헌의 설명을 대강 들은 은수는 웃으며 되물었다.

"네, 그렇습니당."

—아, 좋아하는 스타일은 있어?

"그냥 다 상관없어요."

"가슴을 울리는 노래……?"

하운의 해맑은 한마디에 수화기 너머에서 웃음소리가 들렸다.

—그런 노래면 딱 생각나는 곡이 있는데.

"오오."

"뭐죠."

의미심장한 은수의 말에 상준도 관심을 보였다.

—지금 옆에 상준이 형 있죠?

"어? 나는 왜?"

갑자기 자신을 부르는 목소리에 상준은 놀란 눈이 되었다. 은수는 차분한 목소리로 말을 이었다.

—이 노래를 꼭 한 번 방송에서 듣고 싶었거든.

"무슨 노래길래."

—이 노래를 가장 잘 알 사람은 아마 형일 거야.

이 노래를 온전히 이해할 사람.

"탑보이즈 노래야?"

상준은 의아한 얼굴로 인상을 찌푸렸다.

그때.

—보냈어.

띠링—.

상준의 휴대전화에서 알림음이 울려 퍼졌다.

—너무 좋은 노래인데 이걸 들려줄 사람이 형밖에 없어서.

"무슨 노래길래 그래."

상준은 괜히 분위기를 잡는 은수에게 타박을 던졌다.

"아, 진짜 별로면 전화 끊을 거야."

—믿어봐, 내 픽을.

"도영이가 그 소리 하면서 라면 먹었어."

—걔가… 그렇지… 뭐.

형의 빠른 인정에 스태프들 사이에서 웃음소리가 들려왔다. 상준은 못 말린다는 듯이 혀를 차며 스피커를 틀었다.

"뭐지?"

잔잔한 도입부의 피아노 소리.

아까까지 제법 시끌벅적했던 펜션 내부는 물을 끼얹은 듯 조용해졌다.

디디링.

기타가 들어간 것도 아니고, 드럼이 들어간 것도 아니다.

도입부는 피아노 소리만이 풍성하게 녹음되어 있었다.

그런데.

"어……."

상준은 떨리는 손으로 휴대전화를 천천히 바닥에 내려놓았다.

발라드 장르의 느린 템포가 출연진들의 귀를 사로잡았다.

"와."

애절하게 감정을 쥐어짜는 발라드들이 꽤 많다면, 이 노래는 사뭇 다른 분위기였다. R&B 장르를 주로 접해온 수정은 단번에 곡의 감성에 녹아들었다.

마치 이슬처럼 순수한 슬픔이다.

사랑에 서툴렀던 아이가 과거를 돌아보며 읊조리듯 감정을 보여주는 듯한 그런 순수함.

그냥 그런 일이 있었어. 그래서 너무 안타까웠어.

마치 스토리를 일러주듯이 담담한 노랫말과 부드러운 분위기.

"하."

상준이 아는 사람을 참 많이 닮아 있었다.

"형은 뭔지 알지?"

수화기 너머의 은수의 목소리가 미세하게 떨렸다. 상준은 대답 대신 고개를 끄덕였다.

"이게 무슨 노래인데요……?"

분위기를 눈치챈 아린이 두 눈을 동그랗게 뜬 채 물어왔다. 상준은 흐릿한 미소를 지으며 이 노래를 들었을 때를 떠올렸다.

한때 질릴 정도로 엄청 들었던 노래였다.

작곡에 전혀 소질이 없었던 상준과는 달리 너무나도 좋은 곡들을 툭툭 뽑아냈던 사람.

항상 노래를 들을 때면 그 특유의 순수함에 기분이 좋아졌다.

발라드든 댄스곡이든, 늘 그랬다.

─블랙빈 미공개 수록곡.

맞다.

─상운이가 작곡한 노래야.

은수의 의도를 눈치챈 상준이 조심스레 입을 뗐다.

이 곡을 어떤 마음으로 방송에 소개하고 싶어 했는지 알았으니까.

"한번 보여줄게. 이 무대를."

나도 다시 보고 싶다.

이 노래가 울려 퍼지는 거리를.

*   *   *

어떤 느낌을 살리면 좋을까.

무대에 서기 직전에도 상준이 수없이 고민했던 포인트였다.

"괜찮아?"

"방송에 공개되는 거?"

태헌의 물음에 상준은 고개를 끄덕였다. 은수의 갑작스러운 추천에 당황하긴 했어도 싫진 않았다.

"많은 사람들이 알면…… 좋을 거 같기도 하고?"

상운도 그걸 좋아했을 것 같았다.

사실 블랙빈의 수록곡이 될 뻔했던 'Rain way'는 은수에게도, 상준에게도, 의미 깊은 곡이었다.

"아악, 죽을 거 같다."

"대강 얼개는 잡혔지?"

"어어. 거의 완성형이라."

저녁 식사를 마치고 나서부터는 해당 곡에만 온 신경을 기울였다. 은수가 가지고 있는 것은 가이드 버전에 불과했다.

여기에 마스터링을 하고 부족한 부분들을 채워 넣는다. 사실 음악적인 면에 있어서는 이미 흠 잡을 데가 없기는 했지만.

'진짜 잘 썼네.'

상준은 다시 한번 상운의 재능에 감탄했다. 아무것도 모른 채 이 노래를 듣던 시절에는, '와 노래 좋다' 그렇게 짧게 감탄했을 뿐이었지만 지금은 달랐다.

'미쳤었네.'

이걸 그 어린 애가 작곡했다고?

벌써 몇 년 전이다. 그 당시에 기타를 멘 채 JS 엔터 연습실을 오갈 뿐이었던 어린 상운이 이걸 만들어냈다는 게 놀라울 따름이었다.

"내일 무대 장난 아닐 거 같은데."

헉헉대며 10개에 가까운 곡의 간단한 합을 맞춘 출연진들이 뻗으며 말했다. 유난히 희망찬 아린은 해맑게 외쳤다.

"하, 너무 많은 사람들이 모이면 어떡하죠."

"아린 씨, 너무 피곤한 거 같은데."

"아니거든요!"

아린은 상준의 타박에 황당하다는 듯이 말을 쏘아붙였다.

"많이 모일 거 같기도 하네요."

그래도 나름 최선을 다했으니까.

으윽.

상준은 곡소리를 내며 다른 출연진들을 따라 뻗었다.

*   *   *

다음 날 오후.

인파 한가운데에서 무대를 선보일 시간이 돌아왔다.

"저기, 뭐야?"

"방송하는 거 같은데?"

"와, 가자. 가자."

뉴욕의 넓은 광장. 악기를 전부 설치한 채 인파를 기다리던 출연진들은 이내 당황했다. 하운은 고개를 두리번거리며 상준에게 속삭였다.

"형, 조금 이상한데요?"

버스킹 프로그램이긴 했지만 처음부터 많은 인파를 기대하진 않았다. 꽤 드넓은 광장이라 관광객들이 많이 찾는 명소이긴 하지만, 그렇다고 해서 한국의 홍대 거리 수준은 아니었으니까.

"사람 왜 이렇게 많아요?"

"그, 그러게?"

사람이 그렇게 많이 모이는 곳도 아닌 데다가 낯선 나라의 뮤지선들엔 별 관심도 없을 거라 생각했다.

그런데.

"꺄아아아악!"

"저 사람, 어디서 본 거 같은데?"

몰려드는 인파가 남다르다.

유영하 피디는 당황한 낯빛으로 고개를 돌렸다.

"어떻게 된 거야?"

막내 작가가 난처한 얼굴로 작게 중얼거렸다. 대강 현지인들의 대화를 들어보니 어떤 상황인지 감이 잡혀서였다.

"그게요······."

"설마, 알아보나?"

"그런 거 같은데요. 딱 봐도······."

탑보이즈의 나상준.

아직 빌보드 차트 상위권을 차지하고 있는 노래, 「에피소드」의 한 구절을 흥얼거리며 몰려드는 팬들이 상당수였다.

"이렇게 인기가 있었어? 현지에서?"

판단 미스다. 엠마와의 협업 덕에 노래 정도만 간단히 알려졌다고 생각했었다. 그런데 얼굴만 보고도 저렇게 몰려들다니.

"탑보이즈! 탑보이즈!"

"와아아아! 저 사람, 연예인 아닌가?"

"진짜 닮았는데. 처음 봐, 뮤직비디오랑 똑같이 생겼네."

재능으로 그들의 언어를 이해하고 있던 상준은 퍽 당황한 얼굴로 고개를 돌렸다.

"여기서 버스킹 할 수 있는 거 맞지?"

"지나갈게요, 여러분!"

촬영 팀이 황급히 자리를 잡았다. 다행히 연예인이라고 해서 뛰어드는 관객들은 없었기에, 한참을 고민하던 유영하 피디는 오케이 싸인을 보냈다.

"시작할게요!"

"후우… 장난 아니다."

예상했던 거보다 관객이 너무 많이 몰렸다.

'준비 충분히 된 거 같아?'

'네, 일단은.'

어제는 그렇게 단언했는데 막상 이 자리에 서보니 중압감이 장난이 아니다. 경험의 차이였다.

"다들 소리 질러주세요!"

"와아아아악!"

태헌은 능글맞은 미소를 지으며 마이크를 잡았다.

상준이 기타 튠을 조정하는 동안 분위기를 띄워놓기 위해서였다.

"여러분, 저 아세요?"

해외 스케줄을 꽤 오랫동안 소화했던 드림스트릿이라 이 정도의 회화에는 문제가 없다. 놀란 눈을 열심히 굴려대는 하운과 달리, 태헌은 능숙하게 말을 이었다.

"저희는 한국에서 왔어요. 오늘 여러분에게 좋은 무대를 보여드리고 싶어서요."

"꺄아아아!"

"알아요! 티비에서 봤어요!"

격한 반응이 이어지자 태헌은 놀란 눈으로 자신을 가리켰다. 제법 감동받은 얼굴로 말을 던지는 태헌이다.

"와, 저 아세요?"

"아니요!"

"누구세요……?"

너무하네.

시선이 일제히 상준에게로 향한다. 뒤편에서 악기를 마저 정리하던 상준은 피식 웃으며 손을 흔들어 보였다. 태헌은 억울한 표정으로 그런 상준을 향해 말했다.

"이야, 아주 뭐 월드 스타야."

"내가?"

"다들 알아보잖아, 너. 장난 아니네 진짜. 한국으로 돌아가면 싸인이라도 받아놔야겠어."

갑자기 싸인이라니.

상준은 흐뭇한 미소를 지으며 농담을 던졌다.

"그렇게 받고 싶었으면 미리 말하지. 그거 어렵지도 않은데."

"이야, 그럼 빨리 해줘. 지금 팔게."

"……!"

"뉴욕 버스킹 현장에서 해준 싸인. 크, 얼마에 팔……!"

상준은 싸늘한 눈초리를 던지며 태헌의 어깨를 가볍게 눌렀다.

문제는 재능이었다.

「운동 신경의 천재」.

빠르게 「절대자의 감각」을 반납한 상준의 선택지였다.

덕분에.

"아아악……."

태헌은 곡소리를 내며 마이크를 하운에게 넘겼다.

"마저 진행 좀 해줘."

"네?"

"마음에 상처를 입었어… 으윽."

태헌은 호들갑을 떨며 키보드를 체크했다.

어제 빠르게 역할을 분담한 결과, 키보드에 가장 소질이 있는 태헌이 키보드 세션을 맡기로 해서였다.

"자, 여러분. 이제 시작할게요!"

하운은 마이크를 손에 쥔 채 떨리는 목소리로 손을 흔들었다. 그런 하운을 따라 보답으로 손을 흔들어대는 팬들이 눈에 들어왔다.

"와아아아악!"

엄청난 환호성.

준비 기간은 짧았지만 최선을 다해 준비했다.

이제는 그 공연을 선보일 차례다.

"자신 있어요?"

"저는… 아니에요. 하운 씨는요?"

"편하게 말씀하셔도 돼요. 저는… 죽을 거 같아요."

원래 본업이 가수가 아닌 하운과 수정은 침을 삼키며 오른편에 섰다.

상준은 아린을 앞으로 끌어내고선 피식 웃었다.

이 수많은 관객들 앞에서 선보일 첫 번째 무대는.

'내가 생각했을 때는, 탑보이즈 노래도 괜찮을 거 같아.'

'우리 노래?'

'BREAK DOWN. 그때, 그거 꽤 인기 있지 않았나?'

하운의 지인이 픽했던 탑보이즈의 「BREAK DOWN」이었다.

"그럼 무대 시작할게요!"

하운의 우렁찬 목소리와 함께 「BREAK DOWN」의 전주가 울려 퍼졌다.

*　　　　　*　　　　　*

'이분들이 과연 이 노래를 알까?'

마이크를 잡았을 때 상준이 가장 먼저 했던 걱정이었다.

「BREAK DOWN」이 해외 투어 당시에 가장 많은 인기를 얻었던 노래였던 것은 사실이었다. 특히 남미에서는 더욱 그랬다.

하지만, 그렇다고 해서 엠마 캐머런과 협업했던 「에피소드」만큼 두루두루 알려진 노래는 아니었다. 그래서 꽤나 걱정했는데…….

"와아아아아!"

파워풀한 춤 선에 격하게 반응하는 관객들.

상준은 고개를 끄덕이며 앞으로 뛰어 나갔다.

기억을 되돌려

어디서부터 잘못된 걸까

천천히 어둠 속을 따라가

"BREAK DOWN!"

환호를 보내주는 것만으로 이미 충분히 무대에 선 기분인데, 노래 가사를 따라 부르고 있었다. 단체로 떼창을 하는 팬들을 보며 상준은 감격에 잠겼다.

'뭐야.'

버스킹 현장에서 어울리는 선곡. 하운은 마이크를 건네받으며 상준을 따라 앞으로 나왔다.

"이야, 구아이돌의 브레이크댄스 한번 보여주시죠."

"구아이돌이라니."

"와아아아악!"

배우로 데뷔한 하운이 원래 아이돌이 될 뻔했다는 걸 이곳 현장의 사람들이 알 리는 없을 터였다. 하지만, 이렇게 떠밀려 나오니 어쩔 수 없다. 하운은 태헌의 능숙한 진행에 부끄러운 얼굴로 중앙에 섰다.

그리고.

"와아아아악!"

거기에 탄탄한 보컬로 고음을 넘나들며 편하게 노래를 부르는 아린까지. 현장은 말 그대로 축제가 되었다.

BREAK DOWN
그 잔해 속을 헤쳐 나와

"예아! BREAK DOWN!"

"탑보이즈! 탑보이즈! 탑보이즈!"
"이야, 하운이 춤 잘 춘다아악!"

아무것도 남지 않은
탑을 다시 한번 그려

목청이 터져라 자신의 이름을 불러주는 팬들도 보였다.

콘서트 현장을 방불케 하는 호응에 가슴 한구석에서 무언가 올라왔다.

감동이다.

이전에 남미에서 버스킹을 했을 때 느꼈던 그 감동.

'많이 성장했구나.'

모여든 인파가 끝을 보이지 않는다.

이곳이 홍대라고 해도 믿었을지도 모른다. 비행기로도 한참을 떨어져 있는 낯선 나라의 낯선 광장일 뿐인데.

'이렇게 반겨주다니.'

상준은 손을 흔들며 마지막 소절을 장식했다.

무엇이 진실일까
I fall in failure

「BREAK DOWN」의 의미가 그랬다. 탑이 무너지고 있는 가장 절망적인 순간에도 이겨내야겠다는 굳센 의지.

이제는 아무것도 볼 수 없어

"감사합니다, 여러분."

상준은 오늘 이 버스킹 무대를 기억할 터였다.

기억하고 또 기억해서, 훗날 흔들릴 때마다 가슴 한편에 새길 것이다.

이렇게 사랑받는 그룹이었다고.

'행복하네.'

상준은 힘찬 외침과 함께 한 손을 치켜올렸다.

"다음 곡 이어서 갈게요!"

"좋다. 수정 누나 준비해 주세요."

"하운아, 너는 기타 체크하고!"

"태헌이 형, 이번에 키보드 가실 거죠?"

분주한 준비가 끝나자마자 곧바로 다음 무대가 막을 올렸다.

*　　　　*　　　　*

팬들의 환호성은 끊이질 않았다.

빌보드 차트를 석권했던 유명한 팝송들부터 이미 해외에서 호응을 얻었던 KPOP 무대들까지.

"와아아악!"

앞으로 나와 댄스 실력을 선보이기도 하고, 화려한 기타 연주를 보여주기도 했다.

버스킹은 관객과 호흡하는 무대다.

"와, 반응 오늘따라 장난 아니네요."

"버스킹인지 콘서트장인지 진짜 헷갈린다니까요. 수정 씨는 안 그래요?"

"전 둘 다 처음이라……."

"아, 맞네."

상준은 웃으며 고개를 끄덕였다. 오랜만에 이렇게 현장에서 뛴 탓에 설레는 마음이 잠시도 멈추질 않는다.

하지만, 다음 선곡 리스트를 떠올린 순간.

상준의 얼굴에 복잡미묘한 감정들이 생겨났다.

"결국 이 노래네."

어제 그렇게 연습을 하고도 밤을 지새우게 만들었던 노래다.

블랙빈의 미공개 수록곡이자, 상준에겐 또 다른 의미의 곡.

상운의 자작곡이다.

"네, 이어서 다음 무대 들려 드리겠습니다."

"꺄아아아아!"

흥분해서 자리에서 방방 뛰는 팬들. 상준은 그들을 향해 손을 흔들어 보이며 최대한 부드럽게 말을 꺼냈다.

한 편의 신파 스토리로 이 곡을 소개하고 싶진 않았으니까.

담담하고 솔직하게.

"새로운 노래를 한 번 준비해 봤어요. 제 동생이 작곡했던 노래거든요."

"네에에!"

"너무 좋은 곡이라, 여러분들이 들어줬으면 좋겠어요."

상준은 마이크를 꼭 붙잡은 채 말을 이었다.

"Rain way라는 곡입니다."

꼭 들어주세요.

상준은 미소를 지으며 한 걸음 뒤로 물러섰다.

그리고.

잔잔한 피아노 소리가 버스킹 무대 위로 깔리기 시작했다.

*　　　　*　　　　*

이 노래를 세상에 공개할 날이 올 줄은 몰랐다.

태헌의 감미로운 피아노 소리와 함께 왈칵 눈물이 올라왔다.

"하."

덜덜 떨릴 줄 알았다.

그런데 막상 마이크를 잡으니 그렇지는 않았다. 상준은 담담한 목소리로 노래의 시작을 열었다.

Let the rain wash away
All the pain of yesterday

상운이 그랬듯이. 상준은 천천히 노래 가사 하나하나를 음미했다.

빗소리가 들리는 거리에서
흐릿한 네 발자국을 쫓았어

사람들로 하여금 빨려들게 만들 법한 호소력 짙은 목소리. 수

정의 보컬이 상준의 뒤를 이었다. 원래는 다섯 명이서 부를 노래
였지만, 수정의 보컬 덕에 한 편의 듀엣곡처럼 느껴졌다.

한 사람은 붙잡고, 한 사람은 떠나가려 하는 듯한 노래.

수정의 독특한 목소리에 사람들의 시선이 그녀를 향해 쏠렸다.

떠나지 않으면 안 되는 걸까
이 빗소리에 내 목소리가 묻혀 버리잖아

곧바로 이어진 건 아린의 청아한 목소리였다.

차마 기다릴 수가 없었어
저 비에 담긴 기억이 자꾸만 아프게 해

상준은 두 눈을 감은 채 아린의 꾸밈없는 보컬을 들었다.

'역시.'

오랜만에 꺼내 들었던 노래다. 어제 이 노래를 다시 접했을
때 상준이 예감했던 것과 같았다. 이 노래는 아린과 하운에게
가장 어울리는 노래다. 특별한 기교 없이 순수한 보컬의 목소리
가 사람들의 마음을 울리는 노래니까.

Let the rain wash away
All the pain of yesterday

상준은 능숙하게 한 소절을 읊으며 고음을 처리했다. 발라드

답게 상당한 고음이 이어졌지만 전혀 힘들어 보이지 않는 상준의 표정이 관객들의 시선을 사로잡았다.

"진짜 잘해."

"역시 엠마랑 콜라보한 그 가수 맞지?"

"라이브가 더 대박인데."

사람들이 칭찬하는 소리도, 감격해서 두 손을 모으고 있는 얼굴들도.

지금 상준은 전혀 알 수 없었다. 그저 이 노래의 멜로디를 붙들고 있을 뿐이었다.

디디링.

피아노 베이스였던 노래에 기타 음이 더해진다.

상준은 부드럽게 기타를 치며 미소를 지었다.

노래 가사 자체는 슬픈 발라드지만, 이 노래를 들을 때면 이유 모를 웃음이 흘러나온다. 그 자체로 사람들을 기분 좋게 만드는 곡이라서 그런 걸까.

"너무 좋다."

"그러게. 처음 듣는 노래인데. 한국에서 유명한 노래인가?"

아니다.

이 세상에 처음으로 공개되는 노래니까.

'좋아하려나.'

상준은 천천히 고개를 들어 하늘을 올려다보았다. 가을 하늘답게 쨍한 푸른색의 하늘이 속삭이고 있었다. 비록 이 무대의 현장을 직접 보진 못하지만, 어떻게든 듣고 있을 거라고.

그리고.

이 노래가 하나의 모스부호가 되어줬으면 좋겠다고 생각했다.

SOS.

일어나라는 외침으로. 그렇게 들렸으면.

Let the rain wash away
All the pain of yesterday

상준은 마이크를 잡은 채, 몇 년 전의 일을 떠올렸다. 블랙빈 데뷔조가 사실상 확정되고, 상운이 뿌듯한 얼굴로 좁은 자취방에 들어섰을 때.

'이 노래, 한번 들어봐.'

'나 연습해서 피곤한데.'

'아, 잠깐만. 내가 죽여주는 노래 하나 뽑았다니깐.'

하.

상준은 한숨을 내쉬며 옆으로 돌아앉았었다. 그날은 유난히 연습이 빡세 피곤했던 날이었으니까. 덤으로 최 실장의 갈굼은 최상인 상태였다.

그런 와중에도 호언장담을 하며 자신을 일으켰던 상운이다.

'형, 빌보드에 올라갈 곡 미리 듣는 거거든, 지금?'

'네 곡이?'

'한번 믿고 들어봐.'

디디링.
피아노 대신 어쿠스틱 기타 소리로 시작했던 노래.

'뭐냐.'

노래가 끝났을 때.
상준은 피식 웃으며 박수를 쳤다.

'좀 하네?'

실제로 음원차트에서 들었던 노래들보다도 훨씬 더 좋았으니까. 그저 그런 노래들을 수없이 스쳐 지나가다 운명적인 노래 하나를 마주한 기분이었다.

'근데 좀 부족해. 한번 아이디어 줘봐.'
'무슨 아이디어?'
'하. 이게 구구절절한 발라드란 말이야. 연인한테 차여서 울면서 부를 법한 그런 노래. 뭔지 알지, 그 감성?'
'알지……?'

상운은 절절한 발라드의 감성을 살려야 한다고 늦은 밤 상준을 붙들었다.

'근데 내가⋯⋯.'

'어엉.'

'차여본 적이 없단 말이야.'

'나 잔다.'

망할.

어이없는 소리라며 귀를 틀어막고 베개를 뒤집어썼던 기억이 생생했다. 그때는 재수 없는 녀석이라고 중얼댔지만 지금 생각해 보니 어찌나 재밌었던 허세였는지.

그때, 자신이 건넸던 말이 똑똑히 기억난다.

'꼭 절절해야 해?'

그래서 이 노래가 탄생했다.

절절하지 않지만 사람의 마음을 울리는 노래가.

이 비가 그치기 전에

너를 다시 부르고 싶어

들리니 이 노래가

대답해 주지 않을래

상준은 마이크에서 천천히 손을 뗐다.

이 무대를 지켜보는 사람들의 마음에도 조금의 울림이 있었을까.

힘겹게 고개를 들었던 상준의 눈에 믿을 수 없는 광경이 들어왔다.

"……."

휴대전화 손전등이 만들어내는 새하얀 물결.

자신이 상운을 기억하듯이 맑고 순수했던 그 마음이 저 물결로써 다시 살아난 것 같은 착각이 들었다.

"뭐지."

이러면 안 되는데 자꾸 눈물이 차오를 것 같다.

"와아아아아아!"

"꺄아아악!"

손전등과 함께 일렁이는 수많은 이들의 함성 소리를 들으며.

상준은 아랫입술을 지그시 깨물었다.

'봤지?'

유난히 누군가 보고 싶어지는 날이다.

'이렇게 다들 좋아하잖아.'

네 노래를.

*　　　　　*　　　　　*

모든 공연이 끝난 뒤에 현지 언론은 난리가 났다.

「뉴욕의 버스킹 무대, 엄청난 인파의 주인공은 한국의 예능프로그램?」

「버스킹의 대미를 장식한 곡의 정체는? 아직 발표되지 않은 미공개 싱글앨범?」

한국이라고 다를 건 없었다. 해당 영상이 SNS를 통해 퍼지면서 벌써 난리가 났다. 시청률적인 면에선 유영하 피디가 아주 좋아할 소식이었지만, 그 후폭풍도 넘쳐났다.

"괜찮아요?"

하운이 동그랗게 눈을 뜨며 물어왔다. 쉬는 시간에 상준보다 먼저 기사를 확인한 모양이었다. 상준은 어깨를 으쓱이며 말끝을 흐렸다.

"대충 예상은 했으니까."

상준은 흐릿한 미소를 지으며 쏟아지는 기사들을 확인했다. 상준이 데뷔하고 나서 동생인 상운에 대한 기사는 몇 번 올라왔었다. 아무리 개인사라고 해도 기자들이 그런 거까지 고려해서 기사의 헤드라인을 정하진 않으니까.

상준에게 혼수상태인 동생이 있다더라.

더욱이 그 동생이 블랙빈의 데뷔조였다더라.

이전에도 그런 기사가 몇 번 올라오긴 했었다.

상운이 이미 오디션프로그램에 출연해 얼굴을 보였던 준연예인이라서 더욱 그랬다. 물론 이렇게 실검 1위를 차지한 적은 없었지만.

―그러면 상운이라는 애가 저 노래 작곡했다는 거임?

ㄴ그런 거 같은데??

ㄴㅁㅊ 재능충이네

ㄴ그럼 지금 혼수상태야?? 예전에 기사 뜬 그… 교통사고가 저건가

ㄴ아이고 ㅠㅠㅠ 빨리 깨어나야 할 텐데

ㄴ근데 아직까지 별 얘기 없으면 사실…….

─원래 블랙빈 데뷔조였다고 들었음. 블랙빈 애들도 가끔 언급
하더라

ㄴ특히 은수가 진짜 아꼈던 모양이던데

ㄴ쓰으읍……. 마음이 아프다 ㅠㅠㅠㅠ

ㄴ재능 하나는 미쳤네;; 형제가 둘 다 ㄷㄷㄷ

ㄴ노래 진짜 좋더라. 탑보이즈 노래랑 재질도 비슷함

ㄴㅇㅈ 약간 사람 마음 편해지는 노래?

ㄴ22222222

다행히 악플이 보이진 않았지만 상운의 상태를 긍정적으로 보
는 사람은 없었다. 아마도 깨어나지 못할 거다. 대부분 그렇게
생각하는 듯했다.

사실 그게 현실적인 얘기긴 했다. 여전히 미동이 없는 상황이
니 무엇을 기대할 수 있을까. 그럼에도 포기하기는 싫었다.

'분명 놓친 게 있을지도 몰라.'

사실 모스부호가 해답이 아닐까 싶어 재능 서고를 들어가 보
기도 했다. 별다른 해결책을 찾지 못하고 나온 게 안타까웠지만.
그런 상준의 마음을 눈치챘던 걸까.

유영하 피디가 박수를 치며 걸어왔다.

"자, 다들 모이셨죠?"

덕분에 상념을 완전히 깨울 수 있었다. 아린은 두 눈을 반짝
이며 곧바로 돌아앉았다.

"미션이라도 있을까요?"

어제는 곡을 받아 오는 것으로 퉁쳤지만 오늘은 왠지 아닐 거 같다. 유영하 피디가 그렇게 호락호락한 사람은 아니었으니까. 그리고, 그런 아린의 예상은 맞아떨어졌다.

"이제 슬슬 저녁 시간이잖아요."

"그렇죠!"

"와, 벌써 배고파."

오늘 하루 종일 밖에 나돌아다녔더니 피곤한 것도 피곤한 거지만, 우선 배가 고프다. 상준도 군침을 삼키며 유영하 피디에게 시선을 고정했다.

"그런데 여러분 연습도 조금 덜 되지 않았나요?"

"완벽해요오오!"

태헌은 격하게 부정하며 큰 소리로 외쳤다. 유영하 피디에게는 씨알도 먹히지 않은 것 같았지만 말이다. 유영하 피디는 웃음을 터뜨리며 말을 이었다.

"원래 저녁 시간은 8시인데."

"네⋯⋯!"

저 불안한 멘트는 뭘까.

상준은 두 눈을 굴리며 이어질 말에 집중했다.

"지금 6시 반이잖아요. 벌써 배고플 거 아니에요."

"크, 피디님. 뭐 좀 아시네요."

"전원이 정답을 맞히면 식사 시간을 한 시간 당기겠습니다."

치사하게 먹는 걸로.

"퀴즈 타임인 건가요?"

"아아악! 어려운데."

상준은 두 눈을 끔뻑이며 고개를 들었다. 태헌도 비슷한 생각이었던 것 같다.

"쓰으읍."

하지만, 일단 시간을 단축시켜 준다니 거절할 이유는 없다.

"좋아요!"

"일단 할래요. 저, 진짜 배고파요."

"저도……."

아린이 태헌을 따라 손을 들자, 수정이 조심스레 덧붙였다. 상준 역시 고개를 끄덕이며 말을 얹었다.

"그래서 퀴즈가 뭐예요?"

"잠깐만요."

일단 빨리 시작하고 싶어 물었는데 유영하 피디가 손을 치켜들었다.

"하나 더 있어요."

"네?"

"문제를 틀리면……?"

역시 밥을 곱게 먹기는 그른 것 같다. 상준은 인상을 찌푸리며 작게 중얼거렸다.

"틀리면 틀린 거죠."

"맞아요. 새롭게 배워 가는 거지."

"맞지!"

상준과 태헌은 하이 파이브를 하며 흐뭇하게 웃었다.

이쯤 되면 봐줄 법도 하건만. 정말이지 어림도 없었다.

"삼십 분씩 미룰 거예요."

"식사 시간을요?"

"정답."

와.

"사악해……."

옛말에 먹는 걸로 장난치면 안 된다고 했는데.

유영하 피디는 능글맞은 미소를 지으며 상준의 중얼거림을 받아쳤다.

"제가 원래 어려서부터 어른들 말을 잘 안 들었어요."

"저는 어려서부터 공부를 안 했는데……?"

그런데 퀴즈라니.

"아, 일단 빨리 시작합시다!"

"으아아악!"

암기 천재 재능으로도 할 수 있는 게 없다. 그냥 상식이 없는 거니까.

'상식 재능은 없었던가.'

만물의 척척박사인지 뭔지, 하나 있었던 거 같은데.

'리스트에 넣어둘걸.'

상준은 땅을 치고 후회하며 왼쪽 끝에 자리를 잡았다. 유영하 피디의 우렁찬 목소리가 촬영장에 울려 퍼졌다.

"우리말 퀴즈 아시죠?"

"네!"

"가운데 글자를 알려줄 테니까, 뜻을 듣고 무슨 단어인지 맞히면 되는 거예요."

"네?"

이해시키는 거부터 어렵다.

하운과 태헌이 동시에 두 눈을 끔뻑이자 답답했던 막내 작가가 달려왔다.

"십자말풀이 아시죠? 중간에 글자 뚫려 있으면 채우는 거. 그런 식으로 푸시면 돼요. 뜻 듣고……."

"아!"

가만히 앉아 있다가 뒤늦게 이해한 상준이 싱긋 웃었다.

"자신 있어요!"

한국말은 잘해야지.

상준은 고개를 끄덕이며 유영하 피디를 향해 집중했다.

"자, 하나, 둘, 셋!"

그의 외침과 함께 단어가 공개됐다. 상준은 한 단어도 놓치지 않기 위해 유영하 피디의 말을 귀 기울여 들었다.

그렇게 그가 꺼내 든 첫 번째 단어는.

"아주 약빠른 사람을 뜻하는 이 단어는 무엇일까요?"

[O쟁O]

"어?"

"하나… 둘……."

옆에서 숫자까지 세니까 마음이 조급해진다.

그 짧은 찰나에도 상준의 머리에는 수많은 생각이 오고 갔다.

'무슨 쟁이로 끝날 거 같은데…….'

한국인이라고 꼭 한국말을 잘하는 건 아니었다. 상준은 방금 전에 했던 말을 진심으로 후회했다.

'약빠른… 쟁이…….'

아, 알 거 같다.

반복해서 두 단어를 중얼거리던 상준은 자리에서 벌떡 일어났다.

"뭐야, 뭔데!"

"와아아악! 뭔지 알아?"

출연진들의 격한 환호와 함께, 확신에 찬 목소리가 울려 퍼졌다.

"약쟁이!"

"……!"

"응……?"

뒤늦게 싸늘한 정적이 이어졌다.

『탑스타의 재능 서고』 11권에 계속…